Der Kirchenmaler

Roman

Eine spirituelle Reise

von Jutta Kugel

Herstellung und Verlag: BoD – Books
on Demand, Norderstedt
ISBN: 9783746066608

August 2017
März 2023

Vorwort

Er ist ein Kirchenmaler. Das wollte er sein. Es ist ihm ein Anliegen und eine große Freude, den verblichenen Gesichtern auf den Wänden und Bildern wieder Leben einzuhauchen, sie wieder erstrahlen zu lassen.

Wenn er den Duft der Farben einatmet, seine Pinsel in die wunderbarsten leuchtenden Rot- und Blautöne taucht, das Orange ganz vorsichtig aus der Tube drückt und verschiedene grüne Farbvariationen anrührt – seine Seele jauchzt dabei. Ja, selbst der Geruch des Pinselreinigers zaubert ein Lächeln auf sein Gesicht.

Doch sein Erleben in den Kirchen der Städte ist eine ganz besondere Sache. Niemals hätte er geglaubt, was dort zu erleben möglich ist. Er erzählte niemandem davon. Bis jetzt. Denn er hatte Angst davor, dass die Menschen ihm nicht glauben würden.

Sein Leben ist gewidmet dem Außergewöhnlichem, dem nicht Alltäglichen.

Jonas ist ein Berufener. Dazu berufen, seine Farben in die Welt zu bringen und denen Gehör zu verschaffen, die sonst stumm und bleich an den Wänden in den Kirchen verweilen.

Wie alles begann

Die Kirchen sind meine Welt. Mein Zuhause. In ihnen fing alles an. Meine Zeit wird immer kostbarer – das merkte ich mit fortschreitendem Alter. Noch stehe ich mitten im Leben und schaue doch schon zurück auf ein außergewöhnliches Dasein.

Meine Kindheit und Jugend verlief so normal oder auch unnormal, wie in vielen anderen Familien auch. Es wurde gestritten, genauso, wie wir lachten.

Meine Mutter war die liebste Mutter, die man sich vorstellen kann. Mit einem Lächeln und einem Herz voller Liebe hielt sie die Zügel unserer Familie in der Hand. Mein Vater schüttete seinen Humor über uns aus und sah die Welt ein wenig als seinen persönlichen Spielplatz an. Mutter hielt ihn augenzwinkernd für ein großes Kind. Für uns Kinder war er Freund und Vertrauter. Und Spielkamerad. Es gab nichts, was mein Vater mit uns ausließ.

Meine drei Brüder und ich wuchsen wild, aber behütet auf. Wir wurden erzogen zur Achtsamkeit und dem zu folgen, was Mutter unsere „liebe Seele" nannte. Sie meinte damit, dass wir auf unsere innere Stimme hören sollten.

Mit den Jahren fand ich heraus, dass meine Mutter eine weise Frau war. Hörte ich einmal nicht auf diese innere Stimme in mir, so war die Katastrophe oder das Misslingen vorprogrammiert.

Wir gingen nicht viel zur Messe. Mal zu Weihnachten oder Ostern, vielleicht stand auch eine Hochzeit an und danach die Taufe. Das war es dann aber auch. Dass Kirchen einmal zu meinem ganz persönlichen Schatz wurden, verdanke ich also bestimmt nicht der frühkindlichen Prägung meines Elternhauses.

Nun sitze ich hier in der Kirche meiner Heimat, in der ersten Reihe und meine Haare werden an den Schläfen schon ein wenig grau. Ich trage einen wilden Bart, der ebenfalls mit grauen Fäden durchzogen ist. Das Alter fordert schleichend seinen Tribut und weist mich mit seinen kleinen Einschränkungen sanft darauf hin.

Doch ich bin hier und mein Herz klopft unruhig. Ich überlege schon die nächsten Pinselstriche auf den wunderschönen, zarten Gesichtern und üppigen wallenden Gewändern. Sie ziehen mich in ihren Bann und ich liebe sie. In allen Kirchen der Welt. Die Gesichter sind mir vertraut, denn die Welt Gottes ist überall.

Meine Mutter hatte mir immer voller Freude erzählt, wie gut ich als Kind schon gemalt habe. In jeder freien Minute griff ich zum Pinsel und war für Stunden verschwunden.

Ich ging nicht zum Fußballplatz, sondern trieb mich in Museen herum, sah mir staunend die Bilder von Menschen an, von Landschaften und Bauwerken. Es grenzte für mich an Zauberei, Gesichter auf einem Bild so einzufangen, als lebten sie.

Und ich überlegte, wer sie gemalt hatte, wie sie sich dabei gefühlt haben mochten. War die Malerei nur eine Möglichkeit, um Geld zu verdienen, oder war sie Berufung gewesen, quasi ein Muss?

Wenn ich als kleiner Junge malte, so berichtete meine Mutter mir in späteren Jahren lächelnd, klebte dabei meine Zunge in einem meiner Mundwinkel und zuckte eifrig, wenn ich den Pinsel in die Farben eintauchte.

Zuerst experimentierte ich nur mit den Farben. Vermischte sie untereinander, ließ sie über ein Blatt Papier laufen oder ich tauchte meine Finger in sie, rührte darin herum und malte bizarre Bilder damit. Manchmal spritzte ich auch mit dem Pinsel einfach wild herum.

Oft sah es in meinem Zimmer aus, als wenn ein Farb-Hurrikan darin gewütet hatte.

Ich genoss die Farben und was ich daraus entstehen lassen konnte. Ihr Duft betörte mich.

Als ich Kunst und Malerei studierte, fing ich an zu leuchten. Ein inneres Leuchten, das mir Frieden und Freude bescherte. Besonders zog mich die Farbenlehre in ihren Bann. Ich war völlig fasziniert davon. Ich qualifizierte mich zum Restaurator für Kirchengemälde.

Meine Eltern starben bei einem Zugunglück Anfang der 90er Jahre. Wir Kinder waren untröstlich. Was uns versöhnte und den Schmerz ein wenig milderte, war das Wissen, dass sie diesen letzten Weg gemeinsam gingen.

Mein Studium hatte ich zu der Zeit schon abgeschlossen und da mich zuhause nichts mehr hielt, als die Trauer, zog ich in die Ferne. Einen passenden Job hatte ich noch nicht gefunden, ich war frei und so zogen mich die großen Städte Europas magisch an.

Staunend sah ich mir Gebäude und Kirchen an. So verbrachte ich zwei Jahre mit Reisen quer durch Europa. Ich blieb dort, wo es mir gefiel und verdiente mir als Straßenmaler etwas Geld oder als Barkeeper.

Es war eine wundervolle Zeit. Ich lernte eine Menge Menschen kennen und fühlte mich oft genug, als lebte ich auf einem anderen Planeten. Meine Welt war nicht mehr die gleiche wie vorher. Wie konnte sie das auch? Ich war heraus gerissen aus meinem

Alltag und sah Städte, Landschaften, Menschen, Gebäude und Tiere, die mich demütig werden ließen. Die Traurigkeit blieb zwar, jedoch wurde sie erträglich.

Dann entdeckte ich meine Hingabe zu den wunderschönen Gesichtern der Heiligen, ihren Gewändern und den pausbackigen Engeln. Mit den verblassenden Farben schwanden ihr Ausdruck und die Botschaft, die sie vielleicht schon seit Jahrhunderten den Gläubigen überbrachten. Das wollte ich nicht zulassen. Sie sollten an den Wänden und Decken leuchten und die Menschen sollten sich daran erfreuen und ihr Herz öffnen.

Niemals werde ich meinen ersten Auftrag vergessen. Es war ein halbes Jahr nach meinem zweijährigen Auslandsaufenthalt. In einer Kirche auf dem Land durfte ich meine Arbeit beginnen. Sie stand in einer kleinen Nachbarortschaft meines Heimatdorfes.

Die Kirche verdankten die Dorfbewohner einem Wunder im achtzehnten Jahrhundert. Denn sie wurde an genau der Stelle erbaut, an der laut Aufzeichnungen eine Blutquelle aus dem Boden sickerte.

Um mir einen Überblick zu verschaffen, ging ich durch die Kirche und ordnete die Aufträge den Bildern zu und sah sie mir dabei genau an.

Es war still. Kein Mensch, außer mir, befand sich dort. Das Sonnenlicht fiel bedächtig durch die bunten Glasfenster und zauberte, dort wo es auftraf, einen bunten, starren Klecks. Ich sah kleine Staubkörner im Licht tanzen und die Luft war erfüllt vom schwachen Duft nach Weihrauch der letzten Messe. Die Zeit schien still zu stehen.

Ich blieb vor einer Wand stehen und sah Maria, die Mutter Gottes. Sie hielt ihre Hände vor der Brust verschränkt und ihr Blick war gesenkt. Über ihrem rostroten Kleid trug sie einen blauen Überwurf und ihr dunkles Haar bedeckte ein wallendes, helles Tuch. Die Farbe des Kleides war verblasst, ebenso das einst wunderschöne Königsblau ihres Umhangs.

Ihr Gesicht war traurig. Sie war wunderschön und ihre blasse Haut schimmerte. Das dunkle Haar quoll an einer Seite des Tuches hervor. Ihre schlanke Gestalt umschmeichelte der blaue Überwurf und umgab sie in weichen Falten. Sie war getaucht in eine zarte Eleganz und Reinheit.

Ich starrte sie fasziniert an und in diesem Moment hob sie eine Hand, die vor ihrer Brust auf dem feinen Stoff des Umgangs lag, um eine Strähne ihres Haares zurück zu streichen. Sie hob den Blick und sah mir direkt in die Augen und eine Träne rollte an ihrer Wange herab.

Der Stapel Blätter, den ich in der Hand hielt, fiel aus meiner Hand und segelte mit einem Rascheln zu Boden. Ich bemerkte es nicht.

Schnell schloss ich die Augen und atmete tief durch. Mein Herz schlug wild und ich zweifelte an meiner Wahrnehmung.

Als ich meine Augen wieder öffnete, stand sie – wie auch schon vorher – unbeweglich in ihrem blauen Mantel gehüllt, vor mir. Die Wand hielt sie fest und ich schüttelte den Kopf. Meine Fantasie war mir eindeutig ein paar Schritte voraus, so vermutete ich.

Ich bückte mich, um die Blätter aufzusammeln, die aus meiner Hand gefallen waren und bemerkte dazwischen eine weiße Feder, die dort lag. Vorsichtig hob ich sie auf und strich mit einem Finger darüber. Sie war weich, zart und duftig. Wie kam sie nur hierher?

Ja. Das war der Anfang. So fing es an. Lange dachte ich an Maria, die so anmutig und traurig an der Wand ihr Dasein fristete. Wie sie sich die Haarsträhne aus dem Gesicht gestrichen hatte. Es wirkte so echt, als würde sie wirklich leben, obwohl die Farbe durchscheinend über die vielen Jahre geworden war. Und ihr Blick – sie war so traurig und als die einzelne Träne an ihrer blassen Wange hinunter gekullert war – am liebsten hätte ich die Träne mit einem Taschentuch abgetupft. So gern hätte ich ihr mein Mitgefühl gezeigt, denn in diesem Moment fühlte ich ihren Bedarf danach.

Irgendwann dann dachte ich, dass ich wohl geträumt hatte. Es war ja auch unmöglich, was ich zu sehen geglaubt hatte.

Natürlich erzählte ich keinem Menschen davon, ich wollte ja nicht riskieren, als verrückt zu gelten.

Doch noch oft zog es mich zu ihr und ich ging in der Kirche an ihr vorbei. Manchmal blieb ich auch vor ihr stehen und sah sie lange an. Als könnte ich sie damit noch einmal dazu bewegen, aus ihrer Starre zu erwachen. Wenn ich sie nur lange genug ansah. Doch sie bewegte sich nicht mehr.

Lebendig oder Traum

Es vergingen viele Wochen. Ich arbeitete jeden Tag in der Kirche und sie wurde mir so vertraut, wie mein Zuhause.

Ich lebte damals allein in einer kleinen Wohnung. Einer Junggesellenwohnung. Es war keine ordentliche und saubere Wohnung, das gewiss nicht. Aber ich fühlte mich wohl dort. In einer Ecke stand eine Staffelei und auf einem Hocker daneben lagen meine Farben, Pinsel und die anderen Utensilien. Der Anblick hatte etwas Magisches für mich. Wenn ich die Staffelei und die zerquetschten Farbtuben sah, fielen sofort aller Stress und alle Unruhe von mir ab. Der Hocker war mit Farbklecksen übersät und lächelte mich an.

Farben bewirken etwas in mir. Sie breiten sich in meinem Inneren aus, wirken dort. Ein kräftiges Rot zum Beispiel. Es macht mein Herz ganz warm und in meinen Eingeweiden breitet sich Wohlbefinden aus. Und ein helles Gelb lässt mich die Augen zusammen kneifen und bringt die Sonne in mich. Und ein wohliges Tannengrün befreit meine Seele und ein magisches azurblau weckt in mir den Wunsch, fliegen zu wollen. Und wenn ich an ein zartes Rosa denke, dann flattert mein Herz ein wenig und in mir regt sich Mitgefühl. Spannend ist das mit den Farben.

Oft drücke ich, bevor ich zu malen anfange, aus der Farbentube einen Strang Farbe heraus. Ich betrachte ihn dann, rieche an ihm, sauge den Duft in meine Lungen und tauche einen Finger hinein. Ich spüre die Konsistenz der Farbe, so weich und zart und verrühre sie mit kreisenden Bewegungen und ich bin wie verzaubert, fast schon hypnotisiert in diesem Moment.

Meine Wohnung war klein und unaufgeräumt, aber sie war mein Reich und ich fühlte mich wohl so in dieser scheinbaren Unvollkommenheit. Für mich war dieser Zustand rund. Und Besuch hatte ich so gut wie keinen. Also keine Notwendigkeit, für irgendjemanden eine Show zu arrangieren und aufzuräumen.

Irgendwann vergaß ich den Vorfall mit Maria in der Kirche. Doch Gott vergisst nie etwas.

Und so ging ich eines Morgens in die Kirche, um zu arbeiten. Sehr vorsichtig musste zuerst jedes Bild gereinigt werden, bevor ich die Farben neu auftragen konnte.

Jesus war darauf zu sehen, als er voller Mühe und Qual sein Kreuz trug. Seine Gestalt war gebeugt und sein schönes Gesicht schmerzverzerrt. Das lange dunkle Haar hing ihm in feuchten Strähnen auf der Stirn und mein Herz schmolz dahin.

Der Maler hatte wunderbare Arbeit geleistet. Jedes Detail war sorgsam und meisterhaft heraus gearbeitet.

Lange stand ich noch vor dem Bild und sah es einfach nur an. Was hatte er gefühlt in diesem Moment? Hatte er auch an seine Mutter gedacht, die um ihren Sohn weinte? Hatte er Angst oder Wut empfunden?

Ich hatte viele Stunden gearbeitet, war müde und rieb mir meine Augen.

Ich setzte mich weiter hinten in das Gestühl, Reihe um Reihe vor mir sehend. Es war schon nicht mehr so hell, denn es hatte zu regnen begonnen und ich beschloss, nachher das Licht in der Kirche anzumachen. Doch erst wollte ich eine kleine Pause machen und etwas essen. Es war vielleicht später Nachmittag. Doch ich zuckte mit den Schultern, denn ich trug keine Uhr und es war ja auch egal.

Nachdem mein Magen von meinem mitgebrachten Proviant gefüllt war, wurde ich müde, gähnte und streckte die Arme in die Höhe dabei und ich schloss für ein paar Minuten wohlig die Augen. Dann bin ich wohl eingeschlafen. Meine Arme lagen verschränkt vor meiner Brust und mein Kopf sank aufs Schlüsselbein.

Ich glaube, die Stille hat mich wieder geweckt. Es war unglaublich still. In einer leeren Kirche ist es immer still, aber dies war eine spürbare Stille. So, als würde alle Hast und Eile, alle Stimmen und Unruhe, alle Last der Welt, auf einmal verschwinden. Die Zeit schien zu verharren und ich öffnete die Augen.

Es war dämmrig in der Kirche und ich hörte noch immer den Regen. Mein Blick fiel auf das Bild mit dem Kreuz tragenden Jesus.

Das Kreuz lag auf dem Boden und das Bild war leer. Ich war irritiert und sprang auf. Dabei stieß ich mich heftig an der Holzbank vor mir an.

Ich jaulte auf und drehte mich um die eigene Achse. Als ich anhielt, sah ich den Kirchengang – der zwischen den Bänken lag – vor mir. Und auf ihm schritt mir der Bildflüchtling entgegen.

Das schmerzende Knie war vergessen und ich sah ihn an. Sein Blick war auf mich gerichtet und er lächelte.

Seine Füße waren nackt und das lange, lose Gewand umwehte ihn ganz sachte. Seine Hände hingen seitlich hinunter und er war ganz entspannt. Sein Gesicht war nicht, wie auf dem Bild, von Mühe und Anstrengung gezeichnet, sondern er wirkte auf mich, als käme er gerade von einem Spaziergang zurück. Seine Schritte waren lässig und ohne die geringste Eile.

Ich starrte ihn an mit offenem Mund. Er kam direkt auf mich zu und sagte:

„Hallo Jonas".

Dabei hob er eine Hand, wie zur Begrüßung.

Automatisch nickte ich.

Dann war er mir so nah, dass er meinen Arm berührte, eine Hand auf meine Schulter legte und meinte:

„Komm – setzen wir uns doch auf die Bank. Ich bin froh, wenn ich ein wenig ausruhen kann. Vielleicht hast du ja ein paar Fragen an mich?"

Dabei blitzen seinen blauen Augen fröhlich auf.

Wie vorhin, nickte ich einfach. Worte konnte ich nicht finden und wahrscheinlich war mir meine Stimme auch abhanden gekommen. So nickte ich mehrfach und folgte seinen Worten.

Kurz kam mir der Gedanke, dass ich eventuell noch schlief und auf der harten Kirchenbank saß. Aber Jesus wirkte so echt und seine Hand hatte mich berührt. Das habe ich nicht geträumt, sondern gefühlt, dessen war ich mir sicher.

Jesus setzte sich auf den Platz, dort, wo ich vorher ein wenig geschlafen hatte. Sein Kopf wies auf den Sitzplatz neben ihm und ich setzte mich.

Lange sagte keiner was.

Probehalber räusperte ich mich und dann, etwas zögerlich, fragte ich ihn:

„Wie ist das möglich? Ich glaube es nicht. Du kannst doch nicht einfach aus einem Bild steigen? Und mit mir sprechen ... mich berühren? Ich spüre die Wärme, die von dir ausgeht ... höre das Rascheln deines Gewandes!"

Ich war fassungslos.

Jesus dagegen war völlig relaxt, als er meinte:

„Wieso soll ich nicht aus dem Bild steigen können? Was habt ihr Menschen doch für merkwürdige Vorstellungen von den Dingen?"

Und dann sagte er noch etwas, das ich nie vergessen werde:

„Berühre mich Jonas, dass du glauben kannst und es wird sein, als berührtest du dich selbst."

Mein Kopf wackelte etwas unkontrolliert auf meinem Hals hin und her und er sprach weiter:

„Euch fehlt der Glaube. Das war schon immer das Problem. Euer Kopf beherrscht euch und ihr vertraut nicht auf das, was ihr fühlt. Stattdessen nur auf das, was ihr seht."

Seine Arme griffen nach einem Gesangsbuch, das neben ihm auf der Bank lag.

Er blätterte interessiert darin herum, sagte manchmal „Hmmmm" oder „Ach was" und schien hin und wieder amüsiert zu sein.

Ich blickte ihn unverwandt von der Seite an und mein Hirn schlug Purzelbäume. Wurde ich etwa verrückt? Ging meine Fantasie mit mir durch? Hatte ich etwa zu viele Comics gelesen?

Plötzlich sah Jesus auf und er sagte in meine wirren Gedanken hinein:

„Also, ich glaube mal nicht, dass Papa das immer so gemeint hat, worüber ihr darin" und dabei hob er das Gesangsbuch hoch „singt. Papa sagte einmal zu mir, dass Glaube eine ganz einfache Sache ist. Entweder man tut es oder man tut es nicht. Und wie man ihn dabei nennt, ist ihm egal."

Er beugte sich ein wenig zu mir und seine Augen wurden etwas schmaler dabei, als er fort fuhr:

„An was glaubst du Jonas?"

Ich schluckte und sagte:

„Ich glaube an das, was ich sehe und anfassen kann. Aber ich glaube auch an Gott. Wie könnte ich sonst so große Freude empfinden, wenn ich male und die Bilder in der Kirche wieder erstrahlen lasse. Doch vieles verstehe ich nicht."

Jesus sagte nichts, sondern nickte zustimmend. Also sprach ich weiter.

„Wieso sitze ich hier mit dir? Und was war das damals mit Maria ... deiner Mutter? Und du scheinst Humor zu haben?"

Ich seufzte tief auf über die Unglaublichkeit, die ich gerade erlebte und meinte verzweifelt „Oh mein Gott!" und dann lachte Jesus so laut, dass sein Lachen von den Wänden der Kirche wider hallte.

„Ach Jonas", seine Stimme barg immer noch jede Menge Humor „Wieso sollten wir nicht lachen und Spaß haben? Und warum soll ich nicht mit dir hier sitzen? Zeit ist relativ. Und alles andere ... nun ... mit der Zeit wirst du mehr verstehen..." Seine Augen wurden nicht müde zu strahlen.

Er klappte das Gesangsbuch zu und legte es wieder vorsichtig zurück an seinen Platz, bevor er weiter mit mir sprach:

„Wir gehen durch Zeit und Raum. Es gibt keine Grenzen, keine Mauern. Euer menschlicher Körper beschränkt euch. Und eure Gedanken. Und ja – wir lachen viel zusammen. Auch wir tun das gerne. Das Leben – euer Leben, das Sein, sollte glücklich machen, Freude bringen."

Bei seinen Worten hatte ich ihn betrachtet. Die Haut seines Gesichtes war etwas gebräunt und kleine Lachfältchen umgaben seine Augen. Ich habe niemals wieder so blaue Augen gesehen, wie seine. Außer bei seinem Vater. Sein Bart war gestutzt und gepflegt und ich überlegte gerade, ob es einen Frisör im Himmel dafür gab. Und sein Gesicht leuchtete irgendwie. Auch von seinem Körper ging ein feiner Hauch von Licht aus.

Jesus drehte schnell den Kopf in meine Richtung und grinste einfach nur.

Jetzt wurde ich mutiger und fragte ihn:

„Sag Jesus … machst du das oft … aus dem Bild steigen? Und warum hast du es bei mir gemacht?"

Er überlegte und legte seinen Kopf ein wenig schief, bevor er mir antwortete:

„Ab und zu und weil du es verdient hast. Und meine Mutter meinte, du hast ein großes Herz gefüllt mit Liebe für uns. Sie war sehr angetan von dir, wie du sie stundenlang nur angesehen und all die kleinen Feinheiten wahr genommen hast."

Jesus stand auf und sagte, seinen Kopf zu mir neigend:

„Du hast eine Aufgabe bekommen, die du meisterlich erfüllst. Damit du vieles noch verstehen lernst, werden wir dir helfen."

Er nickte leicht und strich dabei sachte über meinen Kopf und flüsterte:

„Du bist ja noch müde … schlaf Jonas … schlaf …"

Und meine Augen fielen blitzartig zu.

Begegnungen

Ich schlief tief und fest, bis ich aufwachte, weil mir mein Rücken weh tat. Kirchenbänke sind auf Dauer einfach unbequem. Eigentlich müssten sie ja bequem gebaut sein, gut gepolstert und weich, damit die Menschen gern dort verweilen würden.

Mein Kopf schmerzte ebenso. Sobald meine Augen ganz geöffnet waren, sah ich zum Bild von Jesus, der das Kreuz trug.

Er stand mit seiner schweren Last im Bild, wie eh und je. Ich trat leise vor das Bild und sah zu ihm auf.

„Was war das nur? Habe ich geträumt?" Ich flüsterte, so, dass nur ich mich hören konnte. Doch ich hörte das Raunen eines leisen Echos, dass die Kirchenwände in die Stille hinein wider gaben. Es war gespenstisch und ich bekam Gänsehaut im Nacken, die sich die Wirbelsäule hinab bewegte. Ich schüttelte mich wie ein nasser Hund und beschloss dann, dass es für heute genug war. Bedächtig, in Gedanken versunken, suchte ich meine Sachen zusammen und machte mich auf den Heimweg.

Tagelang hatte ich ein schwebendes Gefühl. Mein Herz wusste, dass ich nicht geträumt hatte.

Und um es gleich vorweg zu nehmen: ich sollte noch viele Gespräche, wie dieses, mit ihm führen. Er ließ mich teilhaben an seinen Wundern, die zu meinen wurden.

Viel dachte ich darüber nach, was ich erlebt hatte. Es waren einschneidende Erlebnisse und ich wusste nicht so recht, warum sie mir wider fuhren.

Jesus hatte gesagt, dass ich eine Aufgabe bekommen habe und dass ich es verdient hätte. Nun ja.

Ehrlich gesagt, war mein Glauben nach dem Unfalltod meiner Eltern sehr ins Wanken geraten. Ich war zornig und wütend gewesen damals und eine trostlose Trauer hatte mich überfallen. Meine Brüder saßen ebenfalls in einem dunklen Loch und wir konnten uns gegenseitig keine große Hilfe sein, so sehr waren wir mit unserem eigenen Leid beschäftigt.

Was hatte ihr Tod für einen Sinn? Mit einem Schlag hatte sich für uns Kinder das Leben verändert. Sicher – wir waren erwachsen. Doch unsere Eltern waren damals gerade Mitte fünfzig. In dem Alter, in dem ich heute bin. Und wenn ich mir vorstelle, dass ich heute sterben würde … es wär zu früh. Ich wollte meine Enkel noch kennen lernen – wenn ich denn welche hätte - mit ihnen spielen und vor allem wollte ich auch noch malen und die Heiligen an den Wänden restaurieren.

Als ich das nächste Mal in die Kirche ging und arbeitete, da sah ich sie das erste Mal. Ich war verzaubert von ihr, vom ersten Augenblick an.

Sie saß auf einer Kirchenbank, die Hände im Schoss verschlungen und ihr Haupt war gebeugt. Sie hatte blondes Haar, das ihr in leichten Wellen auf die Schultern fiel. Sie sah aus, als hätte sie gerade Unterschlupf vor einem Sturm gesucht. Wie ein Vogel, der aus dem Nest gefallen war. Ihr Haar war zerzaust und ihre schmale Gestalt war etwas gebeugt. Ich sah sie lange an. Sie hatte etwas an sich, dass mich sofort berührte und leise und heimlich in mein Herz kroch.

Sie saß dort fast eine Stunde, bevor sie aufstand und wieder ging. Gedankenverloren war mein Blick auf sie geheftet gewesen, die ganze Zeit, in der sie nur stumm da saß.

Als sie sich erhob, trafen sich unsere Blicke für den Bruchteil einer Sekunde.

Ich bemerkte das Leuchten, das Feuer darin. Sie strahlte eine ungeheure Stärke und Würde aus. Und doch hatte sie das Gesicht eines Engels.

Von diesem Tag an wartete ich jeden Tag auf sie. Mir war die Sinnlosigkeit dieses Unterfanges bewusst. Vielleicht war sie nur auf der Durchreise gewesen und hatte sich zufällig in die Kirche verirrt.

Doch ich wartete. Was hat sie für eine Stimme fragte ich mich. Wie klang ihr Lachen? Wie wäre es, sie in den Armen zu halten?

Beinahe erschrak ich bei diesen Gedanken. Ich war damals 27 Jahre alt und ein sogenannter Spätzünder. Frauen interessierten mich, selbstverständlich. Doch keine konnte mich bisher fesseln. Keine war dabei gewesen, mit der ich mir eine Zukunft hätte vorstellen können. Nicht, dass es viele gewesen wären. Aber ich war mir sicher, dass ich mit keiner mein Leben verbringen wollte.

Doch sie – die nur still in der Kirchenbank gesessen hatte – sie brachte diese Gefühle in mir zum Vorschein. Ich musste sie wieder sehen!

Tagelang passierte nichts. Jedes Mal, wenn sich die Kirchentüre öffnete, zuckte ich leicht zusammen und drehte mich um. Immer voller Hoffnung, die ziemlich schnell erlosch.

Es waren etwa drei Wochen vergangen, als ich mich vor das Bild mit Jesus, der das

Kreuz trug, hinstellte und mit dem Mut der Verzweiflung rief:

„Kannst denn du nicht etwas tun? Bitte – bring sie mir wieder!"

Da legte sich eine Hand von hinten auf meine Schulter und ich erschrak dermaßen, dass ich in die Knie ging und japste.

Jesus hatte ein amüsiertes Lächeln im Gesicht, doch seine Augen waren ernst, als er sagte:

„Komm, lass uns einem Moment dort hinsitzen. Sonst kippst du noch um. Ich dachte nicht ..." und dabei zwinkerte er mit den Augen „Dass du so leicht zu erschrecken bist."

Also setzten wir uns und mein wild schlagendes Herz beruhigte sich wieder.

„Sie gefällt dir", meinte Jesus überflüssiger weise und ich nickte. Er sah mich an und wartete.

„Ja", sagte ich und mein Blick bohrte dabei Löcher in den Boden „Ich finde sie wunderschön. Sie hat etwas, das mein Herz berührt. Ich möchte ihr näher kommen, sie küssen. Ich glaube – obwohl ich sie nicht kenne – dass sie die Richtige wäre ..." Ich schluckte. Mein Hals war so verdörrt, wie die Wüste Gobi.

Jesus betrachtete seine Hände und strich über die Wunden, die sich jeweils in der Mitte befanden.

„Tun sie weh deine Wunden?" Meine Frage war leise und kummervoll.

Und er sagte:

„Ach nein. Nicht mehr. Sie verheilen. Es dauert natürlich seine Zeit und die Narben werden mich immer daran erinnern. Aber nein. Es schmerzt nicht mehr. Danke, dass du gefragt hast."

„Es ist wie mit meinen Eltern, nicht wahr?" Warum mir das gerade jetzt einfiel, wollte mir nicht so recht einleuchten.

„Ja Jonas. Du hast Recht."

Wieder saß er nur da und sah mich an. Er sagte nichts mehr, doch sein Blick hielt mich fest. Ich musste abermals schlucken und die Hilflosigkeit und Trauer, die ich damals gespürt hatte, erwachte zu neuen Leben und wuchs in mir zu einem Klumpen.

Es war, als würde er in mir ein Lied zum Klingen bringen, dessen Melodie ich vergessen hatte. Eine Melodie, die mich schmerzte und die ich nicht mehr hören wollte.

Meine Stimme war laut, als es aus mir hervor schoss, wie die Kugel aus der Pistole:

„Wieso mussten sie sterben? So früh? Warum nur? Ist das gerecht? Sie hatten so viel Freude am Leben? Sie hatten noch so viel vor … wollten mit ihren Enkeln spielen. Kann Gott das wollen?"

Meine Stimme erstarb und mir kullerten die Tränen, gleich einem Sturzbach, über die Wangen.

Das Gespräch verlief so ganz anders, als ich es mir nach dem ersten Schrecken, den mir sein plötzliches Auftauchen bescherte, vorgestellt hatte.

Jesus zog aus dem Nichts ein blütenweißes Taschentuch hervor und reichte es mir.

Dann sagte er:

„Willst du denn wirklich die Antwort darauf wissen, Jonas? Manchmal ist die Antwort nicht leichter zu ertragen, wie das Geschehnis selbst."

Sein Blick war fragend und sehr freundlich. So nickte ich.

Jesus legte seinen Kopf für einen Moment kurz in den Nacken zurück, so dass sich seine langen Haare auf dem Rücken kräuselten. Dann nickte er und sprach:

„Gut. Dann höre zu.

Stell dir vor, dass jede Seele schon lange vor ihrer Geburt sich das Leben aussucht, das sie als nächstes leben wird. Sie wählt die Eltern aus, die Geschwister, den Ort, wo sie leben möchte und noch andere Dinge. Sie weiß genau, was sie in diesem Leben erleben möchte, lernen will. Denn das Leben, Jonas, ist lernen und sich weiter entwickeln.

Diese Seele also, sucht sich das alles aus. So kann es sein, dass es ein schweres Leben wird oder vielleicht auch ein ganz leichtes, wunderbares, wo es nicht viel zu kämpfen gibt. Alles ist möglich. Ganz nach dem, wie die Seele es entschieden hat und was es zu lernen gibt.

Ihr Menschen seid keine Solisten in eurem Leben, ihr spielt in einem Orchester. Doch ihr habt die Wahl, für welch ein Instrument ihr euch entscheidet und wie lange ihr es spielen wollt. Vielleicht wollt ihr nur eines oder doch lieber mehrere Instrumente spielen lernen, vielleicht wollt ihr einmal Dirigent sein oder lieber die Liedertexte schreiben. Ganz egal – ihr selbst entscheidet über euer Leben. Das vergessen viele.

Doch ganz zu Anfang tut das die Seele. Sie entscheidet, wie das Leben aussehen wird, praktisch bestimmt sie die Rahmenbedingungen.

Und die Seelen deiner Eltern haben schon lange vorher beschlossen, dass ihr irdisches Leben auf diese Weise enden wird. Es gehörte zu ihrem Lernprozess, den ihre Seele ausgesucht hat."

Ich sah in betroffen und sprachlos an. Er war so anders und sagte anderes, als ich bisher angenommen hatte. Die Seele sucht sich das Leben aus? Wir sollen lernen und uns weiter entwickeln?

Mechanisch schüttelte ich den Kopf. Das konnte ich nicht glauben.

„Natürlich habt ihr die Wahl. Ihr könnt leben, wie immer ihr mögt. Der Seelenplan wird euch den Weg weisen. Ihr könnt ihm folgen oder auch nicht."

Ich drehte mich zur Seite. Jesus war sehr entspannt.

Das, was er da sagte, verblüffte mich und strapazierte meine Vorstellungskraft.

„Was passiert, wenn wir diesem Seelenplan, wie du ihn nennst, nicht folgen?"

Zugegebenermaßen klang das recht provozierend. Aber ich dachte mir, wenn er sowas sagt, dann braucht es im Umkehrschritt auch eine Konsequenz. Und darauf war ich neugierig.

Jesus stand auf und trat aus der Kirchenbank auf den Mittelgang. Ich folgte ihm. Langsam schritt er Richtung Altar und erzählte dabei:

„Es gibt kein richtig oder falsch. Der Seelenplan ist da. Wer ihm folgt, wird es spüren. Wer ihm nicht folgt, wird es ebenfalls spüren. Doch das ist eine Sache der Entwicklung. Deswegen gibt es keine Noten dafür." Er blieb stehen und hob seine Arme und Hände ein wenig empor, so als würde er eine große Melone darin halten. Und seine Augen umgaben kleine Lachfältchen.

„Und was die blonde Frau betrifft – ob sie wieder kommt oder nicht, wird ganz allein sie entscheiden. Ihre Seele kennt natürlich ihren Seelenplan und wenn sie ihr gut zuhört, wird sie wieder kommen. Es liegt bei ihr."

Er klopfte mir leicht auf die Schulter und meinte, er müsse jetzt weiter. Ich hörte, wie die Kirchentür aufging und drehte mich voller Hoffnung um, doch es war nur der Pfarrer.

Als ich mich wieder umsah, war er fort. Grübelnd ging ich an diesem Abend nach Hause.

Jonas und der Wal

Zum Glück hatte ich in der Kirche noch viel zu tun. Und so hatte ich große Hoffnung, dass die blonde Frau wieder käme.

Ich dachte oft darüber nach, was Jesus mir erzählt hatte. Etwas regte sich dabei in mir und es klang, wie eine Sinfonie. Nicht nur ein Lied, nein, eine Sinfonie von Tönen, die sich in mir ausbreitete und erfüllte.

Zwei Tage später kam sie wieder. Ich hörte, wie leise die Kirchentür geöffnet wurde und sie kurz stehen blieb. Ihr Blick schweifte suchend durch die Kirche und blieb an mir hängen. Schnell wendete sie sich ab und setzte sich auf eine Bank. Sie wählte ihren Platz so, dass sie mich sehen konnte. Das bildete ich mir zumindest ein. Und ich war glücklich.

Doch ich ließ sie zufrieden. Ich tat so, als würde ich etwas holen müssen und ging an ihr vorbei und sah dabei kurz in ihre Augen. Es lag Freude darin, doch auch … Schmerz und Angst. Ich lächelte sie an und nickte kurz. Es kostete mich wahnsinnig viel Überwindung, nicht gleich auf sie zuzustürmen und mich neben sie zu setzen und nach ihrer Hand zu greifen. Doch etwas in mir war der Meinung, dass sie Zeit brauchte.

Ein Jonas, der sich in Geduld übte, war mir gänzlich neu. Doch ich hörte auf mein Bauchgefühl und meine Mutter wäre bestimmt in diesem Moment sehr stolz auf mich gewesen.

Sie blieb eine Stunde dort sitzen. Dann ging sie. Doch beim Hinausgehen drehte sie sich kurz zu mir um und mein Herz jubelte.

Ich stand vor dem großen Bild auf dem ein Wal abgebildet war, der gerade einen Mann mit Bart ausspuckte. Das war das nächste Bild an der Wand, das in meinem Auftragsbuch stand. Natürlich wusste ich, dass der Mann den gleichen Namen trug wie ich. Und auch seine Geschichte hatte ich schon gehört.

Das Gerüst stand vor dem Bild und ich hatte meinen kleinen Koffer mit den Reinigungsutensilien geöffnet. Ich fing oben am Bild an und hoffte, dass ich das Gerüst stabil genug aufgebaut hatte. Dann suchte ich mir ein Schwämmchen und einen geeigneten Pinsel und fing an zu arbeiten.

Wenn ich arbeite, sind meine Gedanken in einem neutralen Ruhezustand. Ich bin konzentriert auf die Arbeit, die ich tue und da hat nicht viel anderes Platz. Selbst die blonde Frau nicht. Meistens jedenfalls.

Ich weiß nicht, wie lange ich dort stand, bis mich mit voller Wucht und völlig unvorbereitet ein Wasserschwall traf, der mich fast vom Gerüst fegte. Ich war nass bis auf die Haut und fluchte leise vor mich hin. Dann leckte ich mit der Zunge über meine Lippen und schmeckte Salzwasser.

Plötzlich sah ich, wie der Mann mit dem Bart auf meinem Gerüst hing und sich fest hielt.

„Was geht hier vor?" Ich hörte das Entsetzen in seiner Stimme.

„Und wo ist der verdammte Wal?", war sein nächster Satz und er schien ungehalten zu sein. Er blickte sich suchend um.

Ich setzte mich neben ihn. Völlig Herr der Lage und mit einer enormen Gelassenheit sagte ich zu ihm:

„Hallo Jonas, mein Name ist auch Jonas".

Er sah mich an und meinte trocken:

„Du bist nass – genauso wie ich. Was ist dir denn passiert?"

Ich versuchte ihm das zu erklären und er sah mich an, als wäre ich ein Zebra mit zwei Köpfen.

Um diesen Moment ein wenig zu entschärfen, fragte ich ihn nach seiner Mission.

Da zog er seine Augenbrauen in die Höhe und meinte zerknirscht:

„Hätte ich das gewusst, hätte ich gleich zu Anfang das richtige Schiff genommen."

„Wieso hast du nicht …?", warf ich ein.

Und er verzog seinen Mund ein wenig und sagte leise:

„Hatte einfach keine Lust. In so eine Stadt zu fahren, die ewig weit weg ist und den Leuten sagen, dass sie schlecht sind. Keine gute Idee fand ich.

Als dann aber auf hoher See der Sturm aufkam und die Matrosen winselten, ja da wusste ich, dass es meine Schuld war. Ich hätte hören sollen auf den Boss.

Und da sagte ich der Mannschaft, bevor das Schiff kentern würde, sollten sie mich über Bord werfen, denn da war ich mir sicher, würde der Sturm auch wieder aufhören. So war es dann auch.

Und ich schwamm in der aufgepeitschten See und schloss mit meinem Leben ab.

Na … und dann kam der Wal und verschluckte mich. Drei Tage und drei Nächte war ich in seinem Bauch.

Es roch da echt schrecklich, aber ich war am Leben. Der Boss gab mir noch einmal eine Chance."

Schweigend hatte ich ihm zugehört. Er hatte noch einmal seine Chance bekommen.

Ich räusperte mich, denn ich fand, dass die Situation an Absurdität nicht zu übertreffen war.

„Hast du denn … ähh … den Boss gefragt, warum er dir noch eine Chance gab?"

Die Antwort interessierte mich brennend und ich sah mir Jonas dabei genauer an.

Er trug einen langen schwarzen Bart, in dem hunderte kleine Wassertropfen hingen und sein Haar, das ebenfalls schwarz war, lag nass auf seinen Schultern. Seine Augen waren dunkel, man sah die Pupillen kaum. Er war sehr groß und mächtig. Nicht dick, nein, aber er hatte Kraft, das sah man. Seine Kleidung triefte vor Nässe und ich dankte dem lieben Gott, dass der Wal dort geblieben war, wohin er gehörte. Ich warf kurz einen Blick auf das Bild hinter mir und sah den Wal mit aufgerissenem Maul. Seinem Gesichtsausdruck nach zu urteilen, vermisste er etwas.

„Also, der Boss sagte eines Nachts zu mir, dass es sein Anliegen ist, uns Menschen Türen zu öffnen, uns Mut zu machen und

Hoffnung zu geben. Er will das in uns Menschen ans Licht bringen, was verschüttet liegt, was in uns schlummert und geweckt werden will. Er will, dass wir unseren Weg finden und glücklich sind. Er sprach noch von einem Seelenauftrag. Und das es dafür manchmal halt noch Chancen braucht."

Und nach einer kurzen Pause, hängte er kleinlaut hinten an:

„Er meinte, dass wir Menschen manchmal etwas störrisch sind und viel Geduld und Liebe brauchen."

Ich nickte zustimmend. Eine leise Ahnung beschlich mich, dass dies bei weitem noch nicht alles war.

Jonas schüttelte sich ein wenig und stand mühsam auf. Als hätte er zu lange in der gleichen Position verbracht. Er reichte mir seine große Hand und schüttelte meine und meinte, dass er zwar verwundert ist, sich aber gefreut hätte, mich kennen zu lernen. Wo wir doch beide den gleichen Namen hatten.

Dann spazierte er in das Bild zurück, als wenn er in den Bus einsteigen würde.

Ich tropfte vor mich hin und nahm mir vor, mich über nichts mehr zu wundern. Außerdem musste ich schleunigst das

Meerwasser am Boden der Kirche aufwischen. Wenn mich der Pfarrer fragen würde, wie es da hin gekommen ist, konnte ich schlecht mit der Wahrheit heraus rücken.

Sie

Ich dachte pausenlos an sie. Außer, wenn ich mit den Bildern an den Wänden beschäftigt war. Und zugegebener maßen – manchmal schweiften meine Gedanken auch dort ab.

Was sie wohl gerade machte? Wo wohnte sie? Und mit einem Mal wurde mir siedend heiß. Was, wenn sie schon vergeben war? Sie war jung. Auf jeden Fall nicht älter als ich. Da könnte es schon sein, dass sie verheiratet war und vielleicht sogar Kinder hatte. Ach du meine Güte! Manchmal wünsche ich mir einen Knopf für meinen Verstand, an dem ich ihn einfach ausschalten kann. Er ist Segen und Fluch zugleich.

Dann musste ich an Jonas und den Wal denken. Natürlich war es mehr wie sonderbar, was da passierte. Und ich glaubte kaum, dass ich es jemals irgendeinem Menschen würde erzählen können. Jeder würde mich für verrückt halten.

Ehrlich gesagt, brannte ich darauf, mit jemanden darüber zu sprechen. Ich wollte so gern wissen, wie andere Menschen darüber dachten. Vielleicht erlebte jemand auch so sonderbare Dinge wie ich.

Ich lag zuhause auf dem Bett und starrte die Decke an. Es war Sonntag.

Warum nur passierte es? Gab es diese Welt wirklich? Gott und Jesus und all die Personen auf den Bildern? Womöglich auch Engel? Haben sie wirklich alle gelebt und ist alles so passiert, wie es uns überliefert wurde?

Meine Gedanken kreisten wie ein Karussell. Ich konnte mir doch unmöglich alles ausgedacht haben?

Ich dachte an meine Mutter. Wir gingen ja nicht oft zur Kirche, als meine Brüder und ich klein waren. Doch meine Mutter hielt die Botschaft „der lieben Seele" wie ein Schutzschild über uns. Hatte sie auch solche Dinge erlebt? Und nun konnte ich sie nicht mehr danach fragen.

Ich beschloss, in den Park zu gehen. Es war früher Morgen. Die Welt war noch ganz still, friedlich von der Ruhe der Nacht. Die Sonne ging gerade am Horizont auf und tauchte die vergehende Schwärze der Nacht in ein feuriges Glimmen.

Wenn der Tag erwacht – ein wundervoller Moment. Eine Chance. Jeder Tag ist eine Chance. Und ich hörte die Worte von Jonas, dem Walbegleiter „ … der Boss hat mir noch eine Chance gegeben …".

Ein Kribbeln lief meinen Rücken hinauf und ich kam mir vor, als hätte ich gerade die Weisheit auf einem Tablett serviert bekommen.

Jeden Tag haben wir die Möglichkeit zur Veränderung. Jeder Tag gibt uns neue Gedanken. An jedem Tag treffen wir Entscheidungen. Und es ist, als würde die Nacht mit ihrer Dunkelheit die Sorgen und Nöte in sich aufsaugen und wenn der neue Tag geboren wird, mit sich fort nehmen. Für eine Weile zumindest.

Ich glaube Gott meinte auch, dass wir jeden Tag voller Hoffnung und Kreativität angehen sollen. Unser Leben sollte spannend sein und wir selbst haben es in der Hand, ob wir quasi an einem reich gedeckten Tisch sitzen oder der Tisch vor uns leer und öde ist.

Die Sonne kroch langsam am Himmel empor und verströmte Licht und Wärme.

Auf meinem Gesicht breitete sich ein Lächeln aus und ich schritt kraftvoll voran.

Auf der Parkbank, die nahe am kleinen Springbrunnen stand, setzte ich mich und schloss die Augen. Meine Beine streckte ich genussvoll von mir und meine Arme verschränkte ich hinter meinem Kopf. Die Sonnenstrahlen kitzelten meine Nase und ich fühlte mich wunderbar.

Es gab sie, das Mädchen aus der Kirche. Auch wenn ich noch nicht wusste, was daraus werden würde. Sie brachte mein Herz zum Klingen, es brauste und schien bersten zu wollen. Und das ich sie das erste Mal in einer Kirche traf, nun, ich glaubte mittlerweilen, das es kein Zufall war. Und sie schien diese Magie ebenfalls zu spüren.

Herzen finden einander – der Gedanke kam so plötzlich, dass ich meine lang ausgestreckten Beine mit einem Ruck anzog.

In der Dunkelheit meiner geschlossenen Augen tauchte das Bild von Maria auf, wie sie an der Wand eingehüllt von ihrem Umhang stand. Ihr Blick war auf mich gerichtet und sie trug das Lächeln der Mona Lisa als sie sagte:

„Seelen, die zueinander gehören … sie werden sich wieder finden. Nicht in jedem Leben, aber sie werden sich erkennen, wenn sie aufeinander treffen. Wer auf diesen inneren Sog vertraut, wird seinem Seelenweg folgen."

Ich streckte meine Beine wieder von mir, hielt die Augen aber fest geschlossen. Ich wollte sie nicht verlieren in diesem Augenblick.

Und ich dachte:

„Sind denn nicht alle Seelen miteinander verbunden?"

Und Maria lachte herzlich auf, bevor sie fort fuhr in meinem Kopf:

„Aber natürlich Jonas! Alle Seelen sind verbunden. Das war SEIN Geschenk an die Menschen.

Es gibt für jeden Menschen einen Seelenauftrag. Der kann sich über viele Leben hinziehen. Und es gibt Mitstreiter, sozusagen." Dabei zwinkerte sie mir zu.

„Seelen, die gemeinsam ein Ziel verfolgen werden diesen auch versuchen zu erfüllen. Da ist nur der freie Wille manchmal hinderlich."

Dann war Maria wieder verschwunden. Ich öffnete langsam die Augen und mir war, als käme ich von einer langen Reise zurück.

Ich hörte das leise Plätschern des Springbrunnens neben mir und die Sonne war etwas am Himmel hoch gewandert. Der Morgentau lag noch träge auf den Blättern, doch er fürchtete sich schon vor den Strahlen der Sonne.

Eine Amsel begrüßte den jungen Morgen mit ihrem Lied und ein Eichhörnchen flitzte einen Baumstamm hinunter.

Immer, wenn ich ein Eichhörnchen sah, dachte ich unwillkürlich, dass diese kleinen Geschöpfe immer in Eile waren. Ihre Bewegungen waren schnell und hektisch und saßen sie wirklich einmal still auf einem Ast, so blickten sie eiligst in alle Richtungen, um ja nichts zu verpassen. Ihre Herzen müssen gleich einem Trommelwirbel schlagen. Was für ein Leben.

Und diesem Gedanken folgte ein weiterer. Denn mir wurde bewusst, dass wir Menschen oft genug wie die Eichhörnchen sind. Meine Augen lagen starr in der Ferne und alles in mir sträubte sich, so zu sein, wie die Eichhörnchen.

„Du sitzt hier und genießt …" Dieser Gedanke rumpelte wieder ganz plötzlich in mein Bewusstsein. Und ich lächelte.

Ich hörte wieder die Amsel und suchte sie mit meinen Augen. Sie saß auf einer Tanne, ganz oben auf der Spitze.

Sie nimmt sich wenigstens Zeit und ich spürte, wie ich dazu nickte. Sie saß einfach nur da und schmetterte ihr Lied hinaus in die Welt. Ihr war der Moment genug und sie wusste nicht, wie sehr sie mein Herz mit ihrem Tun erfreute.

Ich hatte noch so viele Fragen.

Gefühle

Ich saß früh morgens in der Kirche und sinnierte gerade darüber nach, ob das Bild von Jonas und dem Wal wirklich fertig war. Jedes Detail sah ich mir noch einmal genau an und prüfte, ob ich alles so erledigt hatte, wie es mein Malerherz und das Jonas-Herz wollte.

Das erschreckte Gesicht von Jonas leuchtete mir entgegen. Nun, drei Tage in einem Wal und dann von ihm ausgespuckt zu werden, hinterlassen einfach Spuren. Das war klar.

Er war gefangen in dieser Position und er tat mir leid. Er hing in der Luft und segelte dem Boden entgegen, seine Kleidung war klitsch nass und sein Gesichtsausdruck war Entsetzen und Erleichterung gleicher maßen.

Der Wal hatte sein riesiges Maul aufgerissen und schien froh zu sein, seine ungewöhnliche Last los zu werden.

Das sollte man ... meine Gedanken machten sich selbstständig ... man sollte seine Sorgen und Lasten einfach ausspucken können wie der Wal.

Denn im Inneren rumoren sie herum und machen uns elend. Und wenn wir sie ausspucken würden, dann wären wir sie körperlich los. Wir könnten sie uns in Ruhe und ganz genau anschauen und entscheiden, was zu tun ist. Manchmal wäre es sicher so, dass das Ausspucken schon reichen würde. Manche Sorgen laden wir uns auf, ohne darüber nach zu denken, ob es denn auch wirklich unsere Mühen sind.

Und die anderen … die unseren … aus der Ferne betrachtet verlören sie vielleicht ihre Schrecken. Dann könnte man bewusst und ohne Hektik (das Eichhörnchen fiel mir da wieder ein) sein Leben ordnen und überdenken.

Manche Sorgen und Probleme sind es ehrlich nicht wert, dass wir uns mit ihnen beschäftigen.

Wo diese Gedanken plötzlich herkamen? Ich weiß es nicht. Mein Geist beschäftigte sich schon immer sehr mit diesem und jenem. Doch solche Gedanken waren mir neu.

Ich habe mein Leben, mein Tun, mein Sein, niemals wirklich hinterfragt. Warum denn auch? Es schien alles einem Schema zu folgen, an dem ich eh nichts ändern konnte. Meine Mutter mit „unserer lieben Seele" war für mich schon fast exotisch gewesen. Doch sie hatte ja recht. Ich wusste, wenn ich nicht auf mein Bauchgefühl hörte, dann würde sich das irgendwann rächen.

Ach du lieber Himmel! Ich kratzte mich am Kopf. Mein Gefühl sagte mir, dass ich da etwas ganz Großem auf der Spur war.

Wieso hatte ich in den siebenundzwanzig Jahren meiner Existenz nie mehr wissen wollen? Ich gab mich zufrieden mit dem, was die Welt mir vorlebte. Meine Scheuklappen links und rechts hatten mir verboten, über den Schüsselrand zu sehen.

Und ich stand vor Jonas und dem Wal und dankte dem Himmel für das, was geschah. Und noch geschehen würde. Da war ich mir so sicher, wie das Amen in der Kirche.

Von irgendwo her wehte ein helles, silbernes Lachen zu mir und ich drehte schnell den Kopf, sah aber nichts und niemanden.

Dann schaute ich wieder Jonas an und ich zuckte ein wenig zusammen, als ich sah, was er in der ausgestreckten Hand hielt.

Eine Kerze, auf der ein kleines Flämmchen tanzte.

„Ja", sagte ich leise zu ihm „Wir alle brauchen ein Licht, das uns führt und Hoffnung gibt. Lass es nur niemanden sehen mein Freund. Ich glaube die Welt hier bei mir würde nicht verstehen, wie du eine brennende Kerze in der Hand halten kannst und gerade von einem Wal ausgespuckt wurdest."

Als ich meine Inspektion abgeschlossen hatte und sehr zufrieden war mit meinem Tun, sah ich mir das nächste Bild an.

Man sah dort den Weihnachtsabend. Jesus lag in der Krippe, die nackten Beinchen ausgestreckt vor sich. Maria und Josef standen um ihn herum und die Liebe sprudelte aus ihren Gesichtern.

Ich sah ein Schaf und eine Kuh und über allem prangte über dem offenen Stall ein strahlender Stern. Die drei Weisen aus dem Morgenland streckten ihre Köpfe in das Bild und hielten ihre Gaben ausgestreckt in den Händen.

Und alle waren sie blass und die Wand schimmerte durch sie hindurch.

„Wartet nur …", lächelnd bereitete ich sie auf die Zeit meiner Arbeit vor „Bald erstrahlt ihr wieder und eure Botschaft wird für jeden, der an euch vorbei geht, voller Farben und Licht sein."

Ich stemmte die Hände in die Hüften und war zufrieden.

Wie immer, bereitete ich zunächst alles vor, was ich zum Reinigen des Bildes brauchte.

Das würde seine Zeit dauern. Das Bild war groß.

Über Geschehnisse, die vielleicht kommen würden, machte ich mir keine Gedanken. Sonst hätte ich auch keine ruhige Minute mehr gehabt. Es erstaunte mich nur ein bisschen, dass – wann immer die Bilder ihre „Aktivitäten" entwickelten – kein Mensch in der Kirche war und auch keiner kam. Ich denke mal, dass der Himmel da so seine Möglichkeiten hat.

Ich glaube, dass mir die Art des Erlebens, die mir scheinbar zugedacht war, vertraut wurde. Ja wirklich – ich freute mich auf die Gespräche mit den Bildern an der Wand und was sie zu sagen hatten. Diese Welt, die mir bisher verschlossen war, da ich nun seit Kindesbeinen an kein Kirchgänger war und die Kirchen nur durch meine Arbeit kannte, sie verschaffte mir Einblicke, Gefühle und eine Entwicklung, die ich nicht für möglich gehalten hätte.

In Gedanken versunken stand ich vor dem Bild und fuhr sachte mit dem Pinsel über die Krippe, in der Jesus lag.

Da hörte ich die Kirchentür, doch ich war so vertieft, dass ich nicht reagierte und mich nicht umsah.

Etwa nach einer halben Stunde hörte ich hinter mir ein angedeutetes Räuspern und ich drehte mich um.

Und da stand sie! Nur ein Meter trennte uns voneinander und ich starrte sie an.

Sie hatte wundervolle grüne Augen und ein zartes Gesicht. Ihre Wangenknochen traten ein wenig hervor, was die Zartheit noch unterstrich. Die Augenbrauen über den grünen Augen waren fein geschwungen und etwas dunkler als ihr blondes Haar. Und wenn ich ihren Mund ansah … Oh Herr im Himmel! Blutrot und prall und meine Gedanken machten sich selbstständig.

Sie fand als erstes ihre Stimme wieder und sagte freundlich, mit weicher Stimme:

„Einen schönen Beruf haben Sie da. Das denke ich mir jedes Mal, wenn ich hierher in die Kirche komme."

Ich starrte sie immer noch an und als ich mir dessen bewusst wurde, stieg eine nicht aufzuhaltende Röte in mein Gesicht. Sie lächelte entzückend und streckte mir ihre kleine Hand entgegen. Von mir kam keinerlei Reaktion und so sagte sie lächelnd:

„Mein Name ist Isabell. Ich freue mich, Sie kennen zu lernen."

Automatisch reichte ich ihr dann meine Hand und drückte die ihre, als sie aufschrie und „Aua" sagte.

Das endlich löste mich aus meiner Erstarrung und ich entschuldigte mich hastig bei ihr. Doch ihre Hand ließ ich nicht los.

„Mein Name ist Jonas und ich habe Sie gesehen, vor einiger Zeit, als Sie dort in der Bank saßen. Sie schienen mir irgendwie traurig …"

Mein Blick lag auf ihr. Sie schlug die Augen nieder und hauchte ein „Ja". Wie gerne hätte ich sie jetzt in die Arme genommen. Doch ich verbot es mir. Das ging ja nun wirklich nicht. Aber nun kannte ich ihren Namen. Isabell. Und ich freute mich riesig, dass sie den Mut aufbrachte, zu mir zu kommen und mich anzusprechen. Da war sie mir um einiges voraus.

Als Isabell wieder aufblickte, war der Moment der Traurigkeit verflogen, wie ein Schwarm Vögel, der vorüber fliegt.

Ich spürte ihr echtes Interesse, als sie mich fragte:

„Bitte – erzählen Sie mir von Ihrer Arbeit. Ich finde es so interessant, was Sie machen. Aber natürlich nur, wenn Sie Zeit dafür haben."

Und so fing ich an, ihr anhand des Bildes, vor dem wir gerade standen, meine Arbeit zu erklären. Als ich endlich ihre Hand los ließ, strich ich vorher mit meinen Fingern noch schnell über ihre zarte Haut. Sie hielt ganz still dabei und das freute mich.

Wir standen sicherlich mehr als eine Stunde vor dem Bild und sie lauschte meinen Worten. Isabell stellte auch immer wieder Fragen zu meinen Ausführungen. Das war das wundervollste und interessanteste Gespräch, das ich seit langem geführt hatte. Da war ich mir ganz sicher.

„Ich muss jetzt gehen", sagte Isabell und ich hörte das Bedauern in ihrer Stimme.

„Doch ich komme wieder – wenn ich darf" und dabei sahen mich ihre grünen Augen erwartungsvoll an.

Ich nickte stürmisch und freute mich wie ein kleines Kind an Weihnachten und ein glücklicher Jauchzer kam direkt aus meinem Herzen.

Dann - als sie fort war - nahm ich wieder Pinsel und Schwamm in die Hand und machte mich weiter daran, die verblassten Farben von Staub und Schmutz zu reinigen.

Mein Herz war entflammt. Noch mehr. Sie war hübsch und klug und ich war ihr anscheinend wichtig.

Plötzlich sah ich, wie sich die kleinen, nackten Beine des Babys bewegten. Jesus strampelte voller Wonne und reckte seine Beine in die Luft.

Dann hörte ich eine weibliche, freundliche Stimme sagen:

„Möchtest du ihn einmal halten?"

Mein Kopf ruckte hoch zu Maria, die neben der Krippe stand. Und sie nickte zur Bekräftigung.

Da die Zeiten vorbei waren, wo ich mir dachte „Das kann doch jetzt nicht sein!" oder „Ich glaube, ich werde verrückt", schenkte ich ihr ein kleines Lächeln und streckte meine Hände schon mal aus.

Und so griff ich zaghaft hinein in das Bild und holte sehr vorsichtig den kleinen Jesus heraus. Mein Herz klopfte in einem wilden Staccato.

Als er in meinen Armen lag, sah er mich aufmerksam an und lächelte. Ich nahm seine kleine Hand in meine und umschloss sie. Spürte die Wärme, die ausging von der kleinen Faust, die er machte. Er brabbelte unverständliche Worte und gluckste fröhlich vor sich hin.

Ich griff hinter mich, denn auf der Bank hinter mir, hatte ich eine Wolldecke hingelegt. Manchmal schlang ich sie mir während ich arbeitete um die Hüften, wenn mir kalt wurde. Und jetzt legte ich vorsichtig den Säugling hinein. Er gurrte zufrieden und sah mich weiterhin unverwandt an.

In seinem Blick lag etwas Wissendes und unendliche Liebe.

Fest hielt ich ihn und schaute ihn an. Und ich spürte etwas … etwas dass er mir gab in diesem intimen Moment. Seine Liebe und sein Vertrauen. Und mich durchströmte eine unglaubliche Euphorie. Ich warf den Kopf zurück und lachte und mein Lachen wurde von den Kirchenwänden zurück geworfen.

„Ja", hörte ich da Josef sagen. „So ist er. Er lehrt uns, dass Liebe ein Gefühl mit mächtiger Kraft ist. Die mächtigste Kraft im Universum. Sie kann alles auflösen, alle Hindernisse beseitigen und alle Ängste und Sorgen lösen. Dazu braucht es Vertrauen."

Ich schluckte bei seinen Worten und hielt Jesus fest in meinen Armen.

Dann setzte ich mich auf die Bank, dort wo vorher die Decke gelegen hatte. Es war eine Wonne, ihn zu halten. Doch mir kam ganz plötzlich der Gedanke, dass nicht ich ihn hielt, sondern dass es eher umgekehrt war. Der kleine Jesus ließ mich etwas erkennen. Etwas, dass mir mit dem Tod meiner Eltern verloren schien.

Liebe ist unendlich. Sie wird nie vergehen und alle Liebe, die wir gefühlt haben, die wir gegeben und genommen haben, die wir gelebt haben, wird uns begleiten und halten. In Zeiten der Freude und des Wohlergehens, ebenso wie in Zeiten der Trauer, der Angst und der Zweifel.

Wir selbst sind es, die die Macht haben, alles zu verwandeln.

Ich strich liebevoll über sein Köpfchen, fast hätte ich mich nicht getraut. Doch mein Sehnen, dies zu tun, war einfach größer.

Und mir liefen Tränen übers Gesicht. Unaufhörlich. Wenn ich gekonnt hätte, wäre ich am liebsten bis in alle Ewigkeit so gesessen mit ihm.

Isabell – plötzlich war sie in meinen Gedanken und ich fühlte sie. Ihre Wärme und Herzlichkeit. Ihre Neugier und ihre Trauer. Ich spürte sie auf eine Art, als stünde sie neben mir. Ich atmete sie ein, ihren Duft und sah ihren Körper, spürte die weiche Haut – empfand die Magie, die von ihr aus ging – und sie betörte mich. Und ich wusste, dass wir füreinander bestimmt waren. Das ihr Weg und meiner einer werden würde.

Und ich hoffte inständig, dass auch ihr das bewusst war. Dass sie es ebenso spüren konnte, wie ich.

Behutsam stand ich auf, wickelte das Baby vorsichtig aus der Decke und legte es mit aller Fürsorge und Zärtlichkeit, die in mir war, zurück in die Krippe.

„Danke", sagte ich zu dem Bild „Danke für das Geschenk und Wunder, das ich erleben durfte."

Das Bild war wieder nur ein Bild, doch ich hörte ein Schaf blöken und eine Kuh muhen. Und nie war ich glücklicher gewesen, ein Schaf und eine Kuh zu hören.

Zwei Schicksale verbinden sich

Ich arbeitete wie ein Besessener an dem Bild von Jesus in der Krippe. Manchmal musste ich mich fast zwingen, nach Hause zu gehen, um etwas zu essen und zu schlafen.

Das Bild sollte erstrahlen. Ich fand es ungemein wichtig. Es sollte fertig werden, damit alle Menschen, die es ansahen, die Botschaft darin erkennen konnten. So wie ich.

Jeden Tag wartete ich auf Isabell.

Sie kam nicht. Und ich machte mir Sorgen. Würde sie je wieder kommen? War etwas passiert? Nachts konnte ich kaum noch schlafen, fand einfach keine Ruhe mehr.

Und ich fühlte, dass wir zusammen gehörten. Das konnte doch nicht umsonst gewesen sein. Unsere Begegnungen in der Kirche. Aber was konnte ich tun? Außer warten blieb mir gar nichts übrig. Ich hatte ja keine Ahnung, wo ich sie finden konnte. Eine Nadel im Heuhaufen war da leichter zu finden.

Es war so schwer. Die Zeit kleckste dahin, war zäh und ich träumte von Isabell. Wie sie nach mir rief voller Verzweiflung. Einmal sah ich sie in den Wellen eines Ozeans versinken und wieder ein anderes Mal lag sie in einem dunkel glänzenden Holzsarg. Ihre Augen waren geschlossen und als ich mich über sie beugte, öffneten sich ihre Lider und ich erschrak. Über die Mutlosigkeit darin. Keine Hoffnung, kein Leben. Verzweiflung.

Als ich an einem Freitagabend die Kirche zu schloss, da stand sie plötzlich vor mir. Ich war so glücklich, sie zu sehen.

„Isabell", rief ich freudig und ging auf sie zu. Und sie sagte mit weicher Stimme meinen Namen, dass mir kalt und heiß zugleich wurde. Es hörte sich an, als klammerte sie sich fest an ihm.

Ich griff nach ihren Händen, die kalt wie Eis waren und zog sie ein wenig näher zu mir. Und ganz selbstverständlich wechselte ich vom Sie zum Du.

„Ich habe auf dich gewartet", sagte ich leise „Du hast mir gefehlt."

Und ihre grünen Augen fingen an zu leuchten und sie nickte heftig.

„Leider konnte ich nicht früher kommen. Ich musste ständig an dich denken Jonas und habe mich gefragt, was mit uns beiden gerade geschieht. Es ist wie ein Wunder und ich weiß – oder hoffe – dass du es ebenso fühlst."

Ihre Worte ließen meine Knie weich werden und ich zog sie in meine Arme. Sie war kleiner als ich und so legte ich meinen Kopf einfach auf ihren. Ich legte meine Arme um sie, spürte ihr kleines Herz pochen und sog ihren Geruch tief in meine Lungen.

„Du bist ein Geschenk für mich", murmelte ich leise. Und ich hörte sie lachen.

„Komm", meine Stimme war rau und wie heiser „Lass uns gehen."

All meine Träume mit Isabell schienen Wirklichkeit zu werden. Sie stand so nah bei mir und ich fürchtete, dass es nur ein Traum sein könnte. Dass ich gleich zuhause aus meinem Bett hoch schrecken würde und allein wäre.

Ich nahm ihre Hand und sie schmiegte ihre in meine und wir liefen durch die Nacht. Wir sprachen kein Wort mehr. Unsere Schritte waren bedächtig und ohne Eile. Wir genossen, dass wir gemeinsam einen Weg gingen, auf ein Ziel zu.

Als wir vor meiner Haustüre standen, nickte sie nur und so gingen wir in meine Wohnung.

Als ich meine Wohnungstüre aufschloss, erst da fiel mir siedend heiß meine Unordnung ein. Doch jetzt war es zu spät.

„Darf ich dich herein bitten?", meine Stimme war belegt.

„Und ich muss dich gleich darauf vorbereiten. Meine Wohnung ist eine Junggesellenwohnung. Was heißt, dass Ordnung halten nicht zu meinen Paradedisziplinen gehört."

Sie sah mich an und sagte nur:

„Mach dir keine Gedanken darüber Jonas. Es ist gut. Ich bin wegen dir hier und nicht wegen deiner Wohnung."

So gingen wir hinein und ich machte das Licht der großen Stehlampe an.

Ich sah mich schnell um. Es lagen gezeichnete Skizzen auf dem Boden und auf der Staffelei stand das angefangene Bild von Isabell. Ich malte sie bis jetzt aus meinem Gedächtnis heraus. Dieses Bild zu malen, gab meinem Herzen ein wenig Frieden. Da war sie irgendwie bei mir.

Auch Isabell ließ ihre Augen über das Chaos wandern und blieb bei dem Bild hängen.

„Das bin ja ich", meinte sie verblüfft. Und dann „Du hast mich gut getroffen Jonas. Du bist sehr talentiert und hast eine große Gabe."

Mit ein paar Handstrichen fegte ich das Sofa frei und lud sie mit einer einladenden Handbewegung dazu ein, Platz zu nehmen.

„Ich mach uns Tee. Und irgendwo hab ich noch ein paar Kekse."

Isabell setzte sich und sah mir zu. Die kleine Küchenzeile war mit in mein Wohnzimmer integriert und ich fühlte ihren Blick auf meinem Rücken. Die Teebeutel fielen mir einmal aus der Hand und ich verschüttete das Teewasser. Mist, dachte ich mir. Ich wollte doch einen so guten Eindruck wie möglich bei ihr hinterlassen.

Dann saßen wir zusammen auf dem Sofa, vor uns die dampfenden Teetassen. Ich hatte eine Kerze angezündet, die auf dem Tischchen vor uns stand. Die Kekse hatte ich völlig vergessen.

Das Licht der Kerze zauberte unruhige Schatten an die Wände und Isabells Gesicht erstrahlte golden.

Wie fing ich nur ein Gespräch mit ihr an? Ich war völlig gehemmt und aufgeregt.

Da legte sie mir eine Hand auf den Arm und sagte:

„Es geht mir ebenso. Siehst du ..." und dabei streckte sie die andere Hand aus und ich sah, wie sie zitterte. „Ich fass es nicht, dass wir hier sitzen. So nah. So vertraut. Jonas … was geschieht mit uns?"

Ich habe keine Ahnung, wo ich den Mut hernahm, doch ich strich ihr mit einer Hand an der Schläfe abwärts übers Gesicht.

Isabell hielt ganz still. Ich glaube, sie hielt die Luft dabei an.

„Isabell … ich glaube, wir sind füreinander bestimmt. Als ich dich das erste Mal sah, war es um mich geschehen. Als du in der Kirchenbank gesessen hast, so traurig. Es war kein Zufall, dass wir uns begegnet sind."

„Nichts im Universum ist Zufall", sagte Isabell da nur schlicht.

„Ich ging damals in die Kirche, weil ich es nicht mehr aushielt. Meine Verzweiflung fraß mich auf, wie schon so oft. Eine Kirche gibt mir Frieden und manchmal …", plötzlich hörte sie auf zu reden und ihre Augen trafen die meinen. Ich spürte, dass sie überlegte, ob sie weiter reden sollte. Sie biss sich auf die Unterlippe, bevor sie fort fuhr.

„Und manchmal …", ihre Stimme war ganz leise geworden „Reden sie mit mir. Sie trösten mich und schenken mir Hoffnung, wenn ich selbst keine mehr habe."

Während des Gespräches war ihre Hand von meinem Arm zu meiner Hand gerutscht und wie selbstverständlich umschlossen meine Finger die ihren.

„Was ist dir passiert Isabell? Dass du so verzweifelt bist?"

Und es war, als würden wir uns seit Ewigkeiten kennen. Sie war mir so vertraut, wie die Sterne am Himmel, das Gras auf der Wiese, der Regen, der vom Himmel fällt, wie mein eigener Herzschlag.

Und sie erzählte mir stockend, doch mit fester Stimme.

Sie hatte endlich den Mut aufgebracht, sich von ihrem Mann zu trennen. Als sie mich in der Kirche traf. Sie brauchte noch Zeit, sagte sie, um ihren Mut zu sammeln und endlich die Verantwortung für ihr Leben zu übernehmen. Es war nicht leicht, sie hatte große Angst, wie er reagieren würde und sie wusste nicht, wie sie allein zu Recht kommen sollte.

Ich hörte ihr schweigend zu und mein Herz zog sich schmerzhaft zusammen.

Viele Jahre hatten sie gemeinsam verbracht und ihre einstmals empfundene Liebe war vergangen, wie eine Seifenblase zerplatzt. Er betrog sie. Immer wieder. Und er strafte sie mit Nichtachtung und Schweigen, wenn sie nicht funktionierte, wie er es wünschte.

Er gab ihr nicht viel Freiraum und sie wurde beobachtet und kontrolliert von ihm. Vor ein paar Jahren wurde sie schwanger und verlor das Kind. Ihr Mann warf ihr vor, dass es ihre Schuld gewesen war. Und er hatte sie auch körperlich misshandelt. Eine Ohrfeige. Ein grober Griff am Oberarm. Ein kräftiger Schubs.

Sie sah mich an und ihre Stimme war nur ein Hauch:

„Er konnte nichts dafür. Seine Kindheit war schrecklich." Sie entschuldigte ihn, was mich wütend machte. Keine Kindheit der Welt rechtfertigt sein Verhalten. Doch ich wusste auch, dass dies ihre Überlebensstrategie gewesen war, um nicht völlig zu zerbrechen.

Sie sprach weiter in meine Gedanken hinein:

„Doch als ich dich getroffen habe, da wurde mir klar, dass die Grenze meines Ertragens erreicht war. Er würde sich niemals mehr ändern und ich war es mir schuldig, mein Glück zu verteidigen. Mein Herz schlägt für dich Jonas. Aber das weißt du längst, nicht wahr?"

Ihre Worte waren süß wie Zuckerwatte und so verheißungsvoll wie eine heiße Badewanne mit duftendem Schaum, obwohl ihre Geschichte mich wütend und zornig machte.

Sie erzählte mir, dass sie ihre Sachen gepackt hatte, als er arbeiten war und seit dem bei einer Freundin wohnte. Das war vor ein paar Wochen gewesen. Sie hatte auch über einen Anwalt schon die Scheidung eingereicht.

Isabell war Bibliothekarin und arbeite in einem Buchladen. Dort hatte sie Urlaub genommen.

Ich fühlte ihre Angst. Und mir fiel plötzlich wieder ein, was sie noch gesagt hatte.

„Ähh …", fing ich an „Du sagtest, wenn du in der Kirche bist, dann sprechen sie manchmal mit dir. Sie trösten dich. Wer spricht mit dir Isabell?"

Ihre Hände flatterten nervös in meinen Händen, die sie immer noch umfangen hielten. Es war ihr unangenehm, aber sie sagte tapfer:

„Die Bilder … oder vielmehr diejenigen, die dort darauf abgebildet sind. Maria, Jesus und auch Gott … und viele andere. Es fing eines Tages an. Einfach so. Zuerst glaubte ich es nicht. Dachte, weil ich so traurig war und ohne Hoffnung, dass meine Wahrnehmung mir entglitt. Doch sie sagten mir so wunderbare Dinge, die mir Kraft gaben. Oft ging ich nur in eine Kirche, um ihnen nahe zu sein und damit sie mit mir sprachen. "

Isabell sah mich gespannt an, wie ich auf ihre Beichte reagieren würde. Ich warf meinen Kopf zurück und lachte und sah ihren entsetzten Blick.

„Nein Isabell. Mach dir keine Sorgen ... ich lache nicht über dich."

Ich sog geräuschvoll die Luft ein und schüttelte mich wie ein Vogel, der gerade in einer Pfütze gebadet hatte.

„Und du bist auch nicht verrückt und ich halte dich auch nicht für völlig gaga. Sonst müsste ich auch verrückt sein.

Mir geht es doch ebenso. Sie sprechen mit mir und ich habe sogar schon mal Jesus als Baby in meinen Armen gehalten."

Nun war es an mir, sie gespannt zu betrachten.

„Das glaub ich nicht!" Sie sah mich entgeistert an. „Andererseits ..." Ihre grünen Augen wurden ganz dunkel und zogen sich ein wenig zusammen „Warum nicht Jonas? Wer hat das Recht zu sagen, das kann es geben und das nicht. Ich glaube dir."

Sie streckte dabei ihre Hand vorsichtig aus und berührte an der Wand den Säugling in der Krippe. Dort hatte ich eine Skizze von Jesus in der Krippe hingeklebt. Eigentlich waren die meisten Wände voll von

Entwürfen. Ich prüfte so die Farben und Mischungen, die ich verwenden wollte.

Isabells Geste war voller Zärtlichkeit und ich bemerkte, wie ich mir wünschte, dass sie mich ebenso voller Liebe berühren möge.

„Seine Mutter fragte mich, ob ich ihn halten möchte" und dabei zeigte ich mit dem Finger auf das Baby in der Krippe.

„Und so griff ich hinein ins Bild und dann lag er in meinen Armen. Stell dir das nur vor! Jesus lag in meinen Armen und strampelte fröhlich. Er sah mich nur an. Und es geschah etwas Wundervolles in mir. Oh mein Gott. Es ist so schön, dass ich dir davon erzählen kann. Manchmal dachte ich schon, es würde mich zerreißen, weil ich niemanden davon erzählen konnte.

Isabell … das was wir da erleben dürfen … das ist war ganz Besonderes. Ich weiß nur noch nicht, warum das so ist."

Isabell nahm ganz langsam ihre Hände aus meinen. Dann streckte sie beide Arme aus und beide Hände umschlossen mein Gesicht so zart, wie der Flügelschlag eines Schmetterlings.

Ich sah sie gebannt an, als sie sagte:

„Im Traum sah ich ein Buch. Ein Buch das von dir und mir handelt. In ihm steht unser

71

Leben, unser Erleben und …", da machte sie eine kurze Pause, schloss die Augen und sagte dann „Und auch die speziellen Erfahrungen, du weißt schon … sind darin fest gehalten.

In meinem Traum hielt Gott das Buch in seinen Händen und sagte mir, dass es wichtig ist, dass es geschrieben wird. Er sagte, die Menschen müssen erfahren, dass mein Reich real ist. Sie müssen lernen und begreifen, dass nicht ich es bin, der ihr Leben gestaltet, sondern sie selbst. Doch ich bin bei all meinen Kindern, meinte er.

Viele Menschen wissen nicht, um was es in ihrem Leben wirklich geht. Sie glauben, wenn ihr Leben in Ordnung ist, dann reicht das. Doch Gott sagte mir, dass es nicht genug ist, wenn wir denken, unser Leben sei in Ordnung.

Ist es in Ordnung, dass ich einer Arbeit nach gehe, die ich nur mache, um Geld zu verdienen und die mir keine Freude macht? Ist es in Ordnung, dass ich mit einem Partner zusammen bin, weil kein anderer in Sicht ist? Ist es in Ordnung, all meine Wünsche und Sehnsüchte zu verdrängen? Ist es in Ordnung? Schmerzen zu haben, krank zu sein und am Abend zu denken, dass ich mich vor dem neuen Tag fürchte?"

Isabell hielt inne. Sie sah mich an und ich spürte, dass ihre Augen zwar auf mich gerichtet waren, sie mich jedoch in diesem Moment nicht wahr nahm. Sie befand sich weit weg. In ihrem Traum, als sie Gott getroffen hatte.

Nach ein paar Sekunden ging durch ihren Körper ein kleiner Ruck.

„Jonas – das ist so abgefahren. Manchmal verstehe ich die Welt nicht mehr."

Ihre Worte waren nur ein Flüstern und ich wusste, was sie beschäftigte.

Wenn wir einem Menschen erzählen würden, was wir erlebten? Würde uns denn jemand glauben? Klingt das nicht alles wie aus einen Fantasy-Roman?

Und dann … ein Buch! Würde das die Menschheit interessieren? Ach du lieber Himmel!

Im Nachhinein kann ich sagen, dass es keinen Zweck hat, die Augen und Ohren zu verschließen, wenn der Himmel einen dazu auserkoren hat, einen Auftrag zu erfüllen.

Wir alle sind Diener für uns selbst und für die Menschen, die uns begegnen, die uns nahe sind und die wir auf die eine oder andere Art erreichen. Unsere Herzen werden uns voraus eilen.

„Ich bin so froh, dass wir uns getroffen haben. Und ich wünsche mir, dass mehr aus uns werden kann." Isabell sah mich schüchtern an.

Ich zog sie in meine Arme und mein Gesicht war dem ihrem ganz nah. Ganz langsam – so dass sie noch Zeit gehabt hätte, ihren Kopf weg zu drehen – näherte sich mein Mund dem ihren.

Isabell schloss ihre Augen und mein Herz fing an zu summen. Dann legte ich sachte meinen Mund auf ihren und schmeckte die süßen Lippen. Nie war ein Kuss für mich so verheißungsvoll und voller Zärtlichkeit gewesen.

„Wir gehören zusammen!", sagte ich, als ich mich endlich von ihr lösen konnte.

Ein neuer Weg

Von diesem Tag an gehörten wir zusammen. Doch unser gemeinsames Leben mussten wir uns noch hart erkämpfen. Heute kann ich sagen, es war jede Mühe wert.

Isabell ist eine bezaubernde Frau. Mit vielen Talenten und ihr Herz ist voller Liebe. Sie mag zerbrechlich wirken, doch in ihr wohnt eine ungebändigte Kraft und Lebensfreude.

Sie musste irgendwann wieder arbeiten gehen. Schließlich hatte sie nicht ewig Urlaub.

Eines Abends stand sie zitternd vor meiner Tür. Ich zog sie in meine Arme und sie schluchzte wild.

Dann gaben ihre Beine unter ihr nach und ich fing sie auf und trug sie zum Sofa und legte sie vorsichtig hin.

Sie hatte an der Schläfe eine Platzwunde und am Hals sah man die Abdrücke einer Hand.

„Dieses Arschloch!", voller Zorn und Wut schmetterte ich dieses Wort heraus.

An ihrer Bluse waren ein paar Knöpfe abgerissen und ihre Strumpfhose war durchlöchert und sie hatte mehrere

Schürfwunden. Was hatte sie gerade erlebt und ich hatte sie nicht beschützt?

Ich knirschte mit den Zähnen und schwor mir, sie nie wieder allein zu lassen. Meine Adern pochten an meinen Schläfen und ich hatte das Gefühl, gleich zu platzen.

Liebevoll strich ich Isabell übers Haar und sie schlug die Augen auf und wisperte:

„Versprich mir, dass du nicht zu ihm gehen wirst. Er ist unberechenbar. Er könnte dich töten."

Und ich murmelte „Bei dir hat er es ja fast geschafft …" und ich ballte meine Hände zu Fäusten und meine Fingernägel gruben sich tief in meine Handflächen.

„Es wird vorbei gehen", sie klang zuversichtlich.

Und so blieb ich bei ihr sitzen, wusch das Blut von ihrem Gesicht und gab ihr eine Strickjacke von mir, damit die kaputte Bluse in den Abfalleimer wandern konnte.

Am nächsten Tag ging ich mit ihr zur Polizei. Ins Krankenhaus wollte sie nicht. Sie weigerte sich einfach. Lange hatte ich in der Nacht auf sie eingeredet. Als die Anzeige aufgenommen war, gingen wir zu mir und ich machte uns ein paar Spiegeleier und Kaffee. Ich zwang den Kaffee und die Eier in sie hinein. Isabell war leichenblass und tat nur mir zuliebe so, als wenn sie ein wenig Appetit hätte.

„Du bleibst bei mir Isabell. Ich werde dich zur Arbeit bringen und dich wieder abholen. Und … keine Widerrede."

Sie sagte nichts, sah mich nur traurig an und nahm eine Hand von mir und drückte sie.

So holten wir ihre Sachen ab und ich lernte dabei ihre Freundin Nina kennen. Nina gefiel mir. Sie war sehr direkt, ohne Umschweife. Ihre Haare waren dunkelbraun und kurz und sie brachte einige Kilos auf die Waage. Das hielt sie nicht davon ab, einen kurzen Rock und ein Shirt zu tragen, dass meiner Meinung nach zwei Nummern zu klein war. Doch so war sie. Keine Kompromisse, was ihre Person, ihre Ansichten und ihre Meinung betraf.

Nina sagte zu uns:

„Das habe ich immer befürchtet … dieser Arsch, der sich ihr Mann nennt… gib gut auf sie acht Jonas. Er ist unberechenbar und das macht mir Angst."

Meine Wohnung war für zwei Personen fast zu klein. Doch es war egal. Wir kamen schon zurecht und wir sprachen darüber, dass wir uns auch was Größeres suchen könnten. Irgendwann, wenn die Zeit dafür war.

In der Nacht lag ich neben ihr und sah in ihr Gesicht, wenn der Mond durchs Fenster schien und es sanft erhellte. Ihre langen Wimpern warfen Schatten auf ihre Wangen und manchmal öffnete sie ihren Mund leicht und ein kleiner Seufzer kam heraus.

Hin und wieder schreckte sie auch hoch. Dann war sie eiskalt und ihre Augen waren weit aufgerissen. Ich hielt sie in den Armen und sprach leise auf sie ein, bis sie sich wieder soweit beruhigt hatte, dass sie einschlafen konnte. Dabei hielt sie meine Hand ganz fest in ihrer und ließ erst los, als sie in den Schlaf hinüber glitt.

Ich rührte sie nicht an. Nein. Isabell musste erst wieder vertrauen lernen und sich sicher fühlen. Auch wenn sie mir das tausend Mal bestätigte, dass alles gut war. Ich fühlte, dass sie einfach nur Zeit brauchte. Und mich. Manchmal küsste ich sie. Sehr sanft und zärtlich. Und sie erwiderte meine Liebkosung.

Morgens brachte ich sie zur Arbeit und ging dann selbst zu meinen Gemälden an den Wänden.

Jesus in der Krippe machte gute Fortschritte und ich legte den Pinsel ab, ging ein paar

Schritte zurück und sah mir das Bild mit schief gelegtem Kopf an.

„Es wird schon …", murmelte ich. Und ich wusste nicht, ob ich gerade das Bild meinte oder Isabell. Es war Mittagszeit und ich holte mein Brot und den Käse aus meinem Rucksack und setzte mich auf eine Bank.

Mein Blick wanderte zum nächsten Bild, das an der Reihe war. Kain und Abel waren darauf zu sehen.

Sie waren als stattliche Männer dar gestellt. Mit dunklen Bärten und mit Muskeln von der Feldarbeit. Ein großer Baum stand auf der linken Seite. Könnte eine Esche sein, so war meine Vermutung. Man sah eine dunkle Wolke über ihnen schweben und Kain hielt einen großen Stein in seinen Händen. Er holte gerade Schwung und Abel lag auf dem Boden vor ihm mit entsetztem Gesicht. Sein Mund war zum Schrei geöffnet und Kains Gesichtsausdruck glich einer Fratze.

In Gedanken ließ Ich die Geschichte der beiden vorbei ziehen:

Adam und Eva bekamen drei Kinder. Zuerst Kain, dem Abel folgte und später noch Set.

Als Kain und Abel groß genug waren, erzählten sie ihnen von der listigen Schlange, die sie überredet hatte, die verbotene Frucht vom Baum zu pflücken.

Sie konnten der Versuchung nicht wider stehen und wollten heraus finden, ob die Schlange denn Recht hatte und sie so klug und weise werden würden, wie Gott.

Die beiden wollten ihre Geltungssucht damit befriedigen und waren verzweifelt, als Gott sie bei ihrem Ungehorsam erwischte.

So wurden sie vertrieben aus dem Paradies.

Kain wuchs zu einem egoistischen und auf den eigenen Vorteil bedachtem Mann heran. Abel war das genaue Gegenteil. Er war hilfsbereit und freundlich und betete zu Gott.

Eines Tages schenkte Kain Gott ein Bündel goldgelbes Getreide und Abel suchte ein Schäfchen aus seiner Herde, um es Gott zu schenken.

Gott schaute in die Herzen der beiden. Er wusste, dass Abel ihn liebte und Kains Herz voller Neid war.

So nahm Gott das Schäfchen gerne an und ließ das Bündel Getreide liegen.

Kain war zornig. Da sprach Gott zu ihm, dass sein Herz voller Zorn und Neid ist und in seinem Herzen deswegen kein Platz für Liebe wäre. Seine bösen Gedanken sind wie ein wildes Tier in ihm und fressen ihn auf, so sagte Gott. Daraufhin wurde Kain noch wütender und Hass erfüllte sein Herz.

Dann lockte Kain seinen Bruder aufs Feld und Abel freute sich, weil er dachte, dass jetzt wieder alles gut werden würde zwischen ihnen. Doch Kain nahm einen großen Stein und erschlug Abel damit.

Und Gott sagte zu ihm, er könne nicht bleiben. Das Blut seines Bruders tränkte das Feld und seine schreckliche Tat war unvorstellbar böse. So wurde aus Kain ein heimatloser Wanderer, der keine Ruhe mehr fand.

Doch trotz allem beschützte Gott ihn auf seiner Wanderschaft.

In Gedanken versunken stand ich vor dem Bild, als sich plötzlich eine warme Hand auf meine Schulter legte.

Ich erschrak ein bisschen und drehte mich zur Seite. Da stand ein Mann. Kleiner als ich. Er trug eine Jeans und schicke Sneaker und ein blau-rot-grün kariertes, frisch gebügeltes Hemd. Sein Gesicht war freundlich. Er hatte buschige graue Augenbrauen und leuchtend blaue Augen. Sein Haar und sein Bart waren ebenfalls grau und lang. Er hatte etwas sehr würdevolles an sich. Und er roch unheimlich gut. Nach Sonne und Wald, nach der kühlen Luft der Berge, nach einem erfrischendem Sommerregen und … nach Geborgenheit.

Und mir entfuhr unwillkürlich „Oh mein Gott"
und er sagte:

„Hallo Jonas. Schön, dass du mich gleich
erkannt hast" und dabei zwinkerte er mit
einem Auge fröhlich.

Ich musste mich setzen. Er nahm neben mir
Platz und verschränkte seine Arme
gemütlich vor seinem Bauch.

Und ich dachte mir, nun saß ich mit Gott in
einer Kirchenbank und wusste nicht, was ich
sagen sollte. Seine Augen waren so blau,
wie die seines Sohnes. Sie hatten die Farbe
von Kornblumen. Dieser Gedanke schoss
noch wie ein kleiner Blitz durch mein Gehirn.

Und Gott sprach – er fing einfach an zu
sprechen – und ich hörte ihm zu. Er hatte
eine total angenehme Stimme. Warm und
weich und dunkel. Und es war etwas in ihr,
dass spitze Steine stumpf machte, tosendes
Donnergrollen in ein angenehmes Zirpen
verwandelte und Angst schrumpfen ließ, bis
es blubb machte und sie verpuffte.

„Ja Jonas. Du bist nicht wirklich überrascht,
nicht wahr? Du hast ja schon entdeckt, was
sich alles so zutragen kann.

Ich dachte, ich schau mal vorbei, als ich dich
sah, wie du vor dem Bild von Kain und Abel
standest.

Übrigens …du vollbringst wundervolle Arbeit mit deinen Farben. Du erweckst sie wieder zum Leben. Was durchscheinend und blass wurde mit den Jahren, das lässt du wieder erstrahlen. Tolle Leistung! Die Menschen werden durch dich nicht so leicht vergessen. Was meinst du, warum du der Mann mit den Farben geworden bist?"

Er sah mich interessiert und aufmerksam an.

Meine Nase juckte und ich rieb kurz darüber. Der Mann mit den Farben. Ich hatte mich das noch nie gefragt. Es war einfach so.

Ohne eine Antwort von mir abzuwarten, sprach er weiter, als würde er einen Vortrag halten:

„Kain und Abel. Ein Beispiel, wie es nicht sein sollte, aber sein kann. Ihr dürft alles sein, deswegen habe ich euch zu Menschen gemacht und ich werde euch nie verlassen, ganz egal, was immer ihr auch tun werdet. Ich gab euch den freien Willen und eure Seele.

Die Seele eines jeden Menschen weiß, was er braucht und wie sein optimaler Weg verlaufen könnte. Jesus hat dir ja schon einmal davon erzählt.

Diejenigen, die ihrem Seelenweg folgen, nun ... sie werden spüren, wie gut es ist. Und die anderen, wie zum Beispiel Kain, werden viel Leid ertragen müssen.

Es gilt, im Leben zu lernen, Aufgaben zu bewältigen und nicht zu vergessen, dass ihr Schöpfer eures eigenen Lebens und auch Leidens seid.

Die sind reinen Herzens, die auf den Klang und die Stimme ihrer Seele vertrauen, denn das bin ich.

Oft werde ich verantwortlich gemacht. Für Unglück, Krankheit, Verluste und das Misslingen von Plänen und Vorhaben.

Doch ihr selbst habt es in der Hand. Ich werde da sein und euch halten. Doch euren Weg mit allen Konsequenzen beschreitet ihr selbst und ihr werdet mit euren Tun und Denken euren Weg bereiten.

Mein Auftrag an euch Menschen ist: seid glücklich und zufrieden."

Ich ließ seine Worte nachwirken und Gott gab mir die Zeit, die ich brauchte. Er war ein wirklich weiser Mann, fand ich. Kann man da eigentlich Mann sagen? Ich schüttelte den Kopf. Das war irgendwie alles so absurd.

„Okay", meinte ich und starrte dabei auf meine Knie „Aber wie ist das – zum Beispiel mit Kain und Abel hier."

Ich zeigte auf das Bild und Gott nickte.

„Er hat ihn getötet. Kann es etwas Schlimmeres geben? So viel Schlimmes passiert auf der Welt, von Menschen gemacht."

Und plötzlich fiel mir Isabell ein und ich flüsterte:

„Isabell … warum muss sie so einen Mann haben? Warum musste sie all das Leid in dieser Ehe erfahren? Er hat sie halb tot geschlagen." Mir versagte die Stimme.

Und er legte seine Hand auf mein Bein und eine wohlige Wärme durchströmte mich.

Ich drehte mein Gesicht so, dass ich ihn ansehen konnte. Große Liebe sprach aus seinen Augen, als er mir antwortete:

„Lieber Jonas … du liebst sie sehr. Ich weiß. Und auch sie hat dir ihr Herz geschenkt. Liebe ist die größte Kraft im Universum. Etwas Heiliges.

Es ist wichtig, die Verantwortung für sich selbst zu übernehmen. Sich nicht leben lassen, sondern für sich und seine Werte einzustehen. Isabell musste das erst lernen.

Sie wurde konfrontiert und musste eine Entscheidung treffen. Sich endlich zu wehren oder weiter zu ertragen.

Es war ein schwerer Weg für sie. Doch sie hat den Kampf aufgenommen. Für sich und dich.

Euer Leben besteht aus Entscheidungen und Werten, die ihr für euch entwickelt. Jeden Tag. Und mögen sie auch noch so klein und unbedeutend erscheinen, so werden sie doch alle zusammen in den großen Topf „Leben" geworfen. Sie führen euch manchmal in die Irre, gaukeln euch etwas vor und bringen euch durcheinander.

Deswegen ist es so wichtig, auf die Stimme eurer Seele zu hören.

Isabell hörte sie. Auf einmal … klar und deutlich und sie folgte ihr. Sie hatte Vertrauen in sie gefasst und Mut daraus geschöpft.

Und sie hatte gespürt, dass es Veränderung braucht. Sehr rasant, sehr krass und radikal. Jetzt. Sofort."

Ich war wieder in meine Gedanken versunken und ich fand es anstrengend, das Gespräch mit Gott. Leise hörte ich ihn neben mir lachen.

Mit einem Mal verstand ich meine Mutter, die so oft „von der lieben Seele" gesprochen hatte. Ich hatte damals schon verstanden, dass es gut war, auf mein Bauchgefühl zu hören. Doch erst jetzt wurde mir klar, dass es wirklich die Seele der Menschen ist, die spricht. Und damit Gott.

In meine Gedanken hinein hörte ich ihn sagen:

„Du bist auf der richtigen Spur Jonas. Ein sehr gescheiter, kluger Kirchenmaler bist du!"

Als er das sagte, hob ich meinen Blick und sah ihn an. Sein Gesicht war ernst, doch seine blauen Augen blitzten übermütig. Und er sagte mir, dass er das völlig ernst meinte, sollte ich da vielleicht so meine Zweifel haben.

Und ich fragte Gott hoffnungsvoll:

„Werden wir glücklich zusammen werden? Isabell und ich?"

Und Gott lachte laut und herzlich und er schmunzelte bei seinen Worten:

„Dass ihr Menschen immer Garantien wollt. Es gibt keine. Für nichts. Es liegt bei euch, ob es gelingt oder nicht. Alles liegt bei euch. Zu entscheiden. Zu verweilen. Sein Leben zu verschlafen. Oder auf Abenteuersuche gehen…über den Tellerrand schauen, mutig sein…auf sein Herz hören."

Dann stand er auf und sagte, er müsse jetzt gehen. Er gab mir seine Hand und ich fühlte mich, als wenn ich ans hiesige Stromnetz angeschlossen würde. Energien, wie Blitze, fegten durch mich und ich hatte das Gefühl, sie nahmen mit sich alten Müll und hinter ließen saubere Luft.

Gott ging zur Kirche hinaus, wie ein Kirchgänger am Sonntag, nach der Messe.

Ich war sprachlos und als er ein paar Schritte gegangen war, rief ich ihm ein „Danke" hinter her und er hob die rechte Hand und winkte mir damit zu.

Eine unglückliche Begegnung

Es waren Wochen vergangen. Das Bild von Jesus in der Krippe war fertig und ich war sehr stolz auf mein Werk. Die Farben leuchteten kraftvoll und oft blickte ich in das Gesicht des kleinen Jesus und dachte daran, als ich ihn in meinen Armen gehalten hatte.

Ich brachte Isabell jeden Tag zur Arbeit und holte sie wieder ab. Manchmal gingen wir noch im nahegelegenen Park spazieren und unterhielten uns dabei.

Natürlich erzählte ich ihr von meiner Begegnung mit Gott. Wir hatten keine Geheimnisse voreinander. Isabell sagt nur „Wow".

An einem Donnerstagabend holte ich sie im Buchladen ab und wir gingen nochmal zur Kirche zurück. Ich hatte dort meine Unterlagen liegen lassen und wollte am Abend noch hinein schauen, Vorbereitungen für den nächsten Tag treffen.

Schnell huschten wir in die Kirche und als wir wieder herauskamen, stand da ein Mann vor uns. Er hatte ein grimmiges Gesicht und war sicherlich zwei Meter groß. Viele Muskeln zierten die zwei Meter und ich schluckte.

Isabell wurde kreideweiß und hielt mich am Arm fest. Ich spürte, dass sie all ihren Mut zusammen nahm, als sie ihm entgegen spie:

„Was willst du hier? Geh. Lass uns in Ruhe!"

Der Zweimetermann lachte auf und Hohn triefte aus seiner Stimme, wie klebriger Honig, als er sagte:

„Das ist also dein Pinselschwinger. Der sich zwischen uns gedrängt hat. Was für eine Witzfigur!" Dabei stieß er einen kehligen Laut aus und mir wurde kalt. Das mit ihm nicht zu spaßen war, das wurde mir sofort klar. Nur … wie kamen wir da mit heiler Haut wieder raus?

Isabell fing an zu zittern. Sie hatte panische Angst. Ehrlich gesagt, hatte ich mich auch schon sicherer und wohler gefühlt.

Der Mann – also ihr Noch-Ehemann – kam einen Schritt auf uns zu. Ich packte Isabell am Arm und schob sie hinter mich, gab ihr den Schlüssel der Kirche und quetsche zwischen zusammengebissenen Zähnen hervor, dass sie sich in der Kirche einschließen sollte.

Ich sah, wie sie den Kopf schüttelte und ich sagte nur „Keine Widerrede!" und hoffte, sie würde in die Kirche verschwinden. Ich schob sie unsanft weiter. Auf jeden Fall musste sie aus der Schusslinie.

Ich hatte Angst. Natürlich. Aber ich würde sie beschützen, komme, was da wolle. Und außerdem war ich nicht ganz wehrlos.

Meine Brüder, die alle älter waren als ich, nahmen mich früher oft mit, wenn sie ihrem Spleen nachgingen – nämlich jegliche Art von Kampfsport. Es gab keine Art, die sie nicht probiert hatten. Ich hatte ehrlich noch nie viel Lust auf diese Art des Zeitvertreibes verspürt und sportliche Aktivitäten waren eh nicht so meins. Doch sie meinten, es würde mir nicht schaden und irgendwann würde ich es brauchen können. So schleppten sie mich mehr als genug mit, lieber wäre ich bei meinen Farben geblieben. Doch auf dem Auge waren sie taub. Und auch zuhause als Übungsobjekt verbrachte ich so manche Stunde mit ihnen und hatte als Erinnerung blaue Flecken und Prellungen. Wenn ich jammerte, zuckten sie nur mit den Schultern.

Doch heute – in diesem Moment? Wie recht sie damals hatten und ich war ihnen im nach hinein mehr als dankbar. Das, was ich gelernt hatte in all den Jahren, würde reichen, um mich zu verteidigen. Hoffentlich. Wenn wir uns das nächste Mal trafen, so nahm ich mir vor, würde ich ihnen ein Bier ausgeben. Oder zwei oder drei.

Also – vorausgesetzt, das hier würde glimpflich ausgehen.

Der Typ kam weiter auf mich zu und ich drehte mich kurz um, ob Isabell auch wirklich in der Kirche Schutz gesucht hatte. Das hatte sie und schon traf mich der erste Faustschlag an der Schulter, woraufhin ich kurz taumelte. Er war ja ganz schön auf Zack! Er hatte die zwei Sekunden genutzt, die ich nach Isabell schaute.

Dann versetzte ich ihm einen gehörigen Tritt in den Magen und er ging zu Boden, rappelte sich aber gleich wieder auf. Er konnte anscheinend gut einstecken.

Doch um es auf den Punkt zu bringen: er hatte nichts drauf, außer Kraft und Wut. Viele seiner Schläge gingen ins Leere, weil ich gelernt hatte, auszuweichen. Er nicht. Ich versetzte ihm heftige Hiebe in die empfindlichen Körperregionen, sein rechtes Auge war schon zugeschwollen und ich hörte irgendwann die Knochen seiner Nase brechen.

Darauf war ich wahrlich nicht stolz, aber um Isabell und mich zu schützen hätte ich noch ganz andere Dinge getan. Dessen war ich mir sehr bewusst. Ein bisschen entsetzte mich meine Entschlossenheit, doch jetzt darüber nachdenken, nicht zu grob zu werden, war völlig unangebracht.

Was er mir an Schaden zufügte war überschaubar. Er war ein Kraftpaket ohne Strategie. Es war zwar schmerzhaft, aber erträglich. Wir bluteten beide aus Platzwunden am Kopf. Dann schleuderte er mich mit voller Wucht gegen die Kirchentür, das es nur so krachte. Meine Rippen taten daraufhin höllisch weh.

Ich beschloss, dass es Zeit war für das Finale und versetzte ihm gezielte Schläge in den Magen und auf die Brust. Er taumelte und beschimpfte mich aufs Übelste.

Ich wirbelte herum und kickte seine Beine unter ihm weg. Dann war er still und japste nach Luft. Seine gebrochene Nase blutete heftig und schwoll ziemlich an.

Auch ich war außer Atem und hielt meine schmerzenden Rippen. Mit der Hand fuhr ich an meiner Schläfe entlang und ich sah mein Blut daran kleben. Hoffentlich stand er nicht wieder auf. Ich war ungeübt und am Ende.

Da hörte ich die Sirenen eines Polizeiautos und ich war mir sicher, dass Isabell sie gerufen hatte. Ich dankte dem Himmel dafür.

Beim Erklingen der Sirene stürmte Isabell aus der Kirche und rannte zu mir. Bestürzt sah sie mich an, dann erstaunt und dann verzog sie ihr Gesicht ein klein wenig. Es war ein angedeutetes Schmunzeln. Mehr nicht. Alles andere wäre nicht angemessen gewesen. Doch ich glaube, sie war überrascht und froh, mich an einem Stück zu sehen.

Sie nahm meinen Arm und schmiegte ihr Gesicht an meine Brust. Nur ganz kurz. Doch ich sah in ihren Augen das Leuchten. Die Angst war gewichen und ich sah etwas anderes darin: Hoffnung, Freude, Zuversicht und … Vertrauen. Ich lächelte sie an.

„Tut es sehr weh?" Ihre Frage war leise an mich gerichtet und ich zuckte leicht mit den Schultern.

Zwei Polizisten kamen im Laufschritt auf uns zu. Isabell deutete auf ihren Noch-Ehemann und sagte:

„Das ist er. Bitte nehmen sie ihn fest. Er hat uns bedroht und ihn …", dabei deutete sie auf mich „Sehr verletzt. Er hat sich nur gewehrt ... mein Freund und mich beschützt. Ich werde Anzeige gegen meinen Exmann erstatten."

Ich wurde noch kurz befragt und einer der Polizisten hob die Augenbrauen, als ich ihm fast schon entschuldigend erklärte, dass ich bei meinen Brüdern in die Lehre gegangen war. Die beiden in ihren grünen Uniformen nickten anerkennend und nahmen noch ein Protokoll auf.

Der Zweimetermann hustete und hatte derzeit keine Luft für irgendwelche

Erklärungen. Sie hieften ihn vom Boden auf und brachten ihn zum Auto.

Ich hoffte, dass wir das Thema damit durch hatten.

„Kommen Sie zurecht? Sollen wir einen Krankenwagen rufen? Sie sollten das unbedingt von einem Arzt anschauen lassen." Einer der Polizisten, der etwas ältere von beiden, sah mich besorgt dabei an.

„Ich kenne mich da aus", erklärte Isabell den beiden im Brustton der Überzeugung „Und kümmere mich um ihn."

Nur sehr widerwillig ließen sie uns ziehen. Wir hatten nichts dagegen, dass sie uns noch ein Taxi riefen.

Der Taxifahrer hatte so seine Bedenken, uns mitzunehmen. Das Blut in meinem Gesicht und auf meiner Kleidung ... ich sah bestimmt verheerend aus und vertrauenserweckend schon gar nicht.

Doch der Umstand, dass die Polizei vor Ort war, ließen seinen Argwohn dahin schmelzen und er fuhr uns heim.

Ich konnte kaum die Treppen hoch laufen und Isabell stützte mich. Wir gingen ins Bad und ich setzte mich auf den Rand der Badewanne. Isabell ließ ein wenig warmes

Wasser ins Waschbecken laufen, holte saubere Wäsche für mich und ein frisches Handtuch, sowie die Notfallapotheke.

Als sie mir vorsichtig das Gesicht abwusch, rannen Tränen über ihre Wangen und sie biss sich auf die Lippen.

„Alles wegen mir", murmelte sie und „Er hätte dich töten können und ich verstecke mich in der Kirche!"

Ich hielt ihre Hände fest und sah in ihre kummervollen Augen.

„Jetzt hör mal zu Isabell", meine Stimme war kräftig, doch voller Zärtlichkeit.

„Du musstest weg da. Auf jeden Fall. Weißt du denn nicht, dass du das Wertvollste bist für mich auf der Welt? Ich habe mir geschworen, dich zu beschützen. Wenn nötig unter Einsatz meines Lebens. Und – es konnte mir gar nichts passieren – denn ich glaube, es ist der Wunsch des Himmels, dass wir unseren Weg gemeinsam gehen. Und wir haben ihn ja erst angefangen, unseren gemeinsamen Weg. Also …!?"

Isabell schniefte und sagte lächelnd, dass ich sicherlich wüsste, dass meine Logik schon eine besondere ist.

„Und außerdem hast du ja gesehen, dass ich mich ganz gut wehren kann!"

Ich sog geräuschvoll die Luft ein, um zu demonstrieren, was für ein toller Kerl ich doch war, als meine geprellten Rippen diesen Akt der Selbstdarstellung sofort verhinderten. Es tat höllisch weh. Die Luft entwich meinen Lungen mit einem tiefen Seufzer und einem gequälten Ton, als hätte man einen Luftballon mit der Nadel angestochen.

Isabell schüttelte die Augen verdrehend, ihren Kopf und sagte nur: „Ich liebe dich."

Dann nahm sie erneut den Waschlappen und reinigte mein Gesicht weiter vom Blut. Sehr vorsichtig zog sie mir meine Kleidung aus und manchmal japste ich nach Luft, worauf hin sie meinte, vielleicht sollte ich doch lieber zum Arzt gehen.

Und ich saß lächelnd da und hörte immer wieder das Echo ihrer drei Worte, die sie mir sagte - Ich – liebe – dich. Ich brauchte keinen Arzt! Diese Worte entfesselten quasi eine Turboheilung in mir – dessen war ich mir sicher.

Der Baum der Erkenntnis

Ich gönnte mir zwei Tage eine Ruhepause. Meine Rippen würden viel länger brauchen, um nicht mehr weh zu tun, doch ich musste in der Kirche weiter arbeiten. Kain und Abel warteten auf mich und ich war vertraglich an ein Erfüllungsdatum gebunden. Ich lag gut in der Zeit und wenn ich ein wenig aufpasste, dann würde es schon gehen.

Isabell hatte Anzeige gegen ihren Noch-Ehemann erstattet. Es würde einen Prozess geben wegen Körperverletzung.

Ich stand in der Kirche und sah grüblerisch auf das Bild von Kain und Abel.

Der große Baum links – mit ihm würde ich anfangen und mich dann in einem Bogen rechts weiter nach unten vorarbeiten.

Gedankenverloren sah ich in das verkniffene Gesicht von Kain.

Was manchmal der Hass und die Eifersucht aus den Menschen machte?!

Abel war bestimmt voller Vertrauen mit seinem Bruder mitgegangen in Erwartung der Versöhnung zwischen ihnen. Wieso hatte er sich nicht gewehrt? War er so überrascht gewesen, dass er keine Zeit mehr hatte, sich in Sicherheit zu bringen?

Wie fatal manche Situationen enden. Wie fatal und traurig.

Mit meinem Schwamm bewaffnet, begann ich, den Baum vorsichtig von Staub und Schmutz zu befreien.

Dabei muss man sorgsam arbeiten. Natürlich auch später noch. Doch das Reinigen erfordert allergrößte Aufmerksamkeit. Man braucht ebenfalls viel Gefühl in den Händen, den richtigen Druck und viel hingebungsvolles Fingerspitzengefühl.

Wie ich so da stand, da hörte ich ihn plötzlich. Seine Worte waren so klar und rein, wie ein Gebirgsbach und niemals werde ich sie vergessen. Sie brannten sich in mein Herz und meine Seele.

Der Baum sprach und es hallte leise von den Wänden der Kirche, so als ginge ein sanfter Windhauch hindurch:

„Ich spende dir Schatten und gebe dir
Schutz mein Freund,
unter meinen Zweigen wird dir kein Leid
geschehen.
Lehne dich an mich im Sturm deines
Lebens,
halte dich an mir fest und spüre meine Kraft.
Meine Liebe ist dir sicher.
Sehe die Welt mit meinen Augen:
Vergehen und Tod,

geboren werden und sein,
Tränen und Lachen,
das ist das Leben.
Komm, umarme mich,
fühle meine Stärke und ich nehme dich mit
ins Licht des Universums."

Ganz langsam ließ ich den Schwamm in meiner Hand sinken und starrte auf den Baum. Ich hatte überall Gänsehaut.

Ich hatte einmal in einem Buch über den Weltenbaum Yggdrasil gelesen. Er vereint die Welt der Menschen, also Midgard, mit der Unterwelt und Asgard, der Welt der Götter. Solange er grüne Blätter hat, ist die Welt sozusagen noch in Ordnung. Er ist riesengroß und in ihm und um ihn herum leben sonderbare Wesen und Gestalten.

Keine Ahnung, ob dieser Baum den Weg in eine Kirche finden konnte, beziehungsweise durfte und meine Gedankengänge in die richtige Richtung führten.

Doch war eh nicht alles eins? Sind nicht alle Menschen und Lebewesen miteinander verbunden? Ist Gott nicht immer der Gleiche, auch wenn er andere Namen bekommt? Die Menschen legen die Wertung hinein und verändern damit den Ursprung.

Heute, wenn ich Isabell vom Buchladen abholte, wollten wir beide noch zum Italiener gehen und Pizza essen. Wir waren Italien-

Fans und essen gehen war für uns Auszeit, Genuss und Austausch in gemütlicher Atmosphäre. Ich freute mich schon sehr darauf.

Isabell war der Mittelpunkt meiner Welt geworden. Selbst meine Farben und meine Arbeit waren etwas in den Hintergrund gerückt. Wenn ich an Isabell dachte, tat mein Herz ein paar Schläge mehr wie sonst. Sie brachte etwas in mir zum Vorschein – Verantwortung übernehmen und sich dem Fluss des Lebens hingeben – sie ließ mich erbeben und meine Welt geriet aus den Fugen und ordnete sich neu.

Letzte Nacht. Sie lag in meinen Armen und ich sah im fahlen Mondlicht, das durchs Fenster schien, ihre glänzenden Augen, ihren verführerischen Mund, ihre weiche Haut. Ihre blonden Haare umrahmten ihr Gesicht und fielen nach hinten und kitzelten meinen Arm.

„Jonas", sagte sie leise „Komm zu mir mein Herz" und sie zog meinen Kopf näher zu sich und legte ihre Lippen auf meine. Sie schmeckte nach Honig und Sonne, nach Schmerz und Verheißung und … Liebe.

In jener Nacht durfte ich etwas erleben, dass eine Flamme in mir entzündete. Leidenschaft, Hingabe und Vertrauen. Und völlige Ekstase.

Ich setzte mich – völlig in Gedanken versunken – auf einen Stuhl, den ich dort hingestellt hatte, neben meine Utensilien. Er knarzte, doch ich hörte es nicht. Die Worte des Baumes schlichen sich noch einmal aus meiner Erinnerung heraus – ich hörte jedes Wort von ihm und ich nahm Papier und einen Bleistift und schrieb sie auf. Ich wollte sie nicht vergessen, wollte, dass sie festgehalten waren und doch war mir klar, dass ich davon kein einziges Wort je vergessen konnte.

Diese Kirche war mein erster Auftrag und ich ging in dieser Arbeit auf. Ich stand kurz auf und drehte mich im Kreis und sah die leuchtenden Farben der Bilder, die schon fertig waren. Ich ließ meinen Atem ausströmen und fuhr mit den Händen über meine Augen.

Nie im Leben hätte ich gedacht, was mich bei meiner Arbeit erwarten würde. Was ich dort erlebte. Und mir war klar, dass man mit Gott so einiges erleben konnte, wenn man sich darauf einließ.

Ich sank zurück auf den Stuhl und blieb für ein paar Minuten still sitzen.

Dann griff ich nach dem Schwämmchen und der Reinigungslotion und machte weiter. Bis zu Kain hatte ich mich vor gearbeitet, als dieser an der Wand plötzlich seinen Kopf drehte und mich ansah. Er blickte gehetzt, so als hätte er keine Zeit oder als ob er nicht wusste, wie er etwas sagen sollte und sprach dann zu mir mit schnellen Worten:

„Hey Jonas ... hast du ein paar Minuten Zeit für mich? Ich muss mit jemandem reden und du scheinst mir ein guter Zuhörer zu sein ..."

Ach ja. Wieso auch nicht. Ich schwenkte meinen Blick kurz durch die Kirche, sah, dass sie leer war und nickte Kain zu.

Der löste sich von der Wand und durchscheinend, wie er war, stand er neben mir. Nur zum Verständnis: Er war dreidimensional, hatte Form, aber ich konnte durch ihn hindurch schauen und sah den Altar hinter ihm. Ich schüttelte unbewusst den Kopf und Kain meinte verdrossen, ob ich nun doch keine Lust hatte, mit ihm zu sprechen.

Ich beruhigte ihn. Erklärte ihm aber die Absonderlichkeit der Situation nicht. Er würde es mit Sicherheit nicht verstehen. Für ihn war es anscheinend sowas von normal, von der Wand herab zu steigen und mit mir zu plaudern.

Neugierig fragte ich ihn, ob er das öfter machte und er verneinte diese Frage. Dabei sah er mich an, als ob ich nicht alle Tassen im Schrank hätte. Ich musste schmunzeln, denn er meinte, dass dies ja sein Problem ist. Keiner hatte diese Gabe, der jemals an ihm vorbeigezogen ist in all den Jahren, wie ich sie hatte. Und auch das Interesse. Ja gut, meinte er, manchmal hatte er schon mit Jesus gesprochen und das tat ihm immer gut.

Mir war klar, dass er über sein Tun sprechen wollte. So gesehen hatte er niemals mehr die Möglichkeit, daran etwas zu ändern oder es wieder gut zu machen. Das musste ihn wirklich zerreißen.

Ich sagte „Komm … setzen wir uns in die Bank dort …" und er folgte mir. Er roch nach Mauerwerk und ein wenig feucht und ich nahm noch einen anderen Duft wahr. Und ich dachte mir, so muss Angst und Schuld riechen, wenn es denn so einen Geruch dafür gäbe.

.

Kain saß neben mir und sein Kopf war gesenkt auf seine Brust, als er leise anfing zu sprechen:

„Ich war von Neid zerfressen. Abel ist so ganz anders wie ich. Freundlich und nett. Sehr hilfsbereit. Alle Menschen mögen ihn. Wenn er zu seiner Schafherde ging, kamen sie alle blökend auf ihn zugelaufen. Ich musste mich immer anstrengen. Für alles. Er …", dabei strich er heftig mit einer Hand durch die Luft und seine Stimme wurde lauter „Ihm fiel alles zu. Die Herzen der Menschen … alles. Und meine Eltern mochten ihn lieber. Sogar Gott.

104

Und an diesem unseligen Tag - da wollte ich ihm weh tun, aber ich wollte ihn niemals töten … es geschah einfach. Der Hass, der Zorn überrollte mich wie eine Welle des tobenden Meeres und … dann …"

Ihm versagte die Stimme und er sackte in sich zusammen. Was sollte ich ihm denn jetzt nur sagen?

Und ich hörte eine warme, bekannte Stimme in meinem Kopf, die sagte:

„Schau in dein Herz Jonas … sag ihm, was daraus hervor kommen will … das wird ihm helfen, das wird den Menschen helfen … Trost und Vergebung …"

So räusperte ich mich kurz und meine Stimme war fest und klar, als ich zu ihm sprach. Und manchmal hatte ich wirklich das Gefühl, dass diese Worte, die ich ihm sagte, nicht aus mir kamen, sondern ganz woanders her.

„Kain … ja … du hast schreckliches getan. Dafür war dein Weg einsam und schwer. Doch du warst nie verlassen, an keinem Tag. Deine Geschichte ist Mahnung für alle, die nach dir kamen und kommen und sie hören.

Und dein Bruder, er hat dir schon lange vergeben. Nun musst du dir selbst vergeben. Sonst wirst du nie Frieden finden.

Wir können nur in uns selbst das finden, was uns zur Ruhe kommen lässt. Entwicklung nennt man das."

Kain sah mich von der Seite an und meinte, dass die gleichen Worte auch schon Jesus zu ihm gesagt hat. Er wirkte erstaunt, seufzte tief auf und fragte mich, wer ich bin.

Und ich sagte:

„Ich bin ein Kirchenmaler Kain. Jeder hat seine Aufgabe. Du … ich. Keine ist mehr wert oder weniger. Es ist einfach, wie es ist. Jeder sollte den Platz ausfüllen, der ihm zugedacht ist. Jeder sollte aus seinen Fehlern lernen, denn dazu sind sie da."

Ich legte wie selbstverständlich eine Hand auf seinen Arm. Er war kühl und glatt und er zuckte zusammen.

„Du bist so warm", meinte er „Es tut gut, deine Wärme."

Ich nickte.

„Kain … Gott hat uns Menschen alle gleich gemacht. Er hat uns ein großes Geschenk gemacht … den freien Willen. ER wusste, dass dies für uns eine große Herausforderung ist an jedem Tag in unserem Leben. Doch was immer wir auch tun, er liebt uns."

Lange blieb er still. Meine Worte hatten ihn nachdenklich gemacht. Und auch ich sagte nichts mehr.

Dann … vielleicht eine Viertelstunde später, griff er mit einer Hand zu mir hinüber und überlegte eine Millisekunde, bevor er mir seine Hand auf mein Knie legte.

„Du fühlst dich gut an. Ich spüre das Leben in dir. Lange ist es her, als auch ich warm war. Und was habe ich für Mist gebaut! Ich danke dir. Glaubst du wirklich, dass Abel und unsere Eltern mir vergeben haben und Gott? Und die Menschen nach mir … dass sie lernen aus meiner Geschichte?"

Seine Augen waren erwartungsvoll auf mich gerichtet.

„Ja Kain. Das glaube ich. Nein … ich weiß es!"

Da stand er auf und ich sah, wie ein leises Lächeln über sein Gesicht huschte. Dann stieg er in sein Bild zurück und hatte kurz darauf wieder das starre, vor Zorn und Wut verzerrte Gesicht.

Auch ich stand auf und sah neben mir auf der Bank etwas liegen, etwas, das mit Sicherheit vorher noch nicht dagewesen war. Ein kleines Bündel Getreideähren.

Ich nahm es vorsichtig und schlug es in ein sauberes Tuch ein und legte es in meinen Rucksack.

Dann holte ich mein Schwämmchen und arbeitere weiter. Ein Lächeln überzog mein Gesicht und tiefer Frieden wohnte in mir. In diesem Moment war die Welt für mich perfekt und wundervoll und ich genoss dieses Gefühl.

Wusste ich doch, dass es im Leben zuging wie bei einem Staffellauf. Mal war ich an der Reihe, dann musste ich abgeben, warten und ob ich gewann ... wir gewannen, das stand in den Sternen.

Das Leben war einfach nicht berechenbar. Es gab keine Kontrolle. Ich hatte nur eine Aufgabe ... Entscheidungen zu treffen. Okay. Noch eine Aufgabe. Zu lernen. Was immer mich interessierte und zu lernen, was meine eigene Entwicklung betraf. Das Leben ist auch Veränderung. Kein Stillstand. Fortschreiten. Innehalten. Und weiter gehen. Über mich hinaus wachsen, über den Tellerrand schauen. Werte entwickeln, dazu lernen, Veränderungen akzeptieren und neue Werte leben. Eigentlich ganz simpel.

Ich schaute auf die Uhr – die Uhr meines Vaters. Manchmal trug ich sie, wenn es Termine einzuhalten galt. Und es war an der Zeit, zusammen zu packen und Isabell abzuholen.

Als ich am Buchladen ankam, beschlich mich ein ungutes Gefühl. Ich ging hinein und traf auf Nina. Die Nina, bei der Isabell auch gewohnt hatte.

Sie begrüßte mich freundlich und sagte:

„Isabell ist schon fort. Wurde abgeholt von ihrem idiotischen Exmann. Sie haben lange da hinten in der Ecke miteinander debattiert. Oder vielmehr hat er auf sie eingeredet. Was für ein Arsch!"

Ich schluckte.

Nina sprach weiter, nicht ohne mich aus den Augen zu lassen:

„Isabell hat mir was für dich gegeben. Und sie sagte, dass es besser sei ... Verstehst du das? Ich wollte nicht, dass sie mit ihm geht, aber sie war stur wie ein Panzer und sie zitterte am ganzen Körper."

Sie gab mir einen Zettel auf dem Isabell schnell etwas aufgeschrieben hatte.

„Er wird dir wieder weh tun ...", stand da und weiter „Er hat mir versprochen, wenn ich mit ihm gehe, dann lässt er dich in Ruhe. Verzeih ... ich liebe dich ... jetzt muss ich dich beschützen. In Liebe, Isabell."

Ich knüllte den Zettel in meiner Hand zusammen, nur um ihn gleich wieder glatt zu streichen. Ein Ton größten Kummers und tiefer Qualen sprangen aus meiner Kehle und ich weinte.

Mir liefen die Tränen übers Gesicht und Nina sah mich fassungslos an. Ich reichte ihr den Zettel und da wurde sie blass.

„Verdammt", entfuhr es ihr. „Ich kenne ihre Adresse, da wo sie mit ihm gewohnt hat. Wir fahren da hin!" Ihre Stimme klang wie zersplittertes Glas.

Sie hängte ein Schild „Geschlossen" ins Türfenster des Buchladens und wir fuhren los. Ich starrte ins Leere. Gut, dass Nina fuhr.

Als wir ankamen, sprang Nina aus dem Auto. Ihr kurzer Rock war verrutscht und sie hatte sich beim Aussteigen die Strumpfhose zerrissen. Sie sah aus wie eine Furie, das Kinn vorgereckt und ihr stattlicher Busen wogte unter dem engen, ausgeschnittenen Shirt.

Ich folgte ihr im Laufschritt und wir standen vor der Türe eines kleinen Reihenhauses, dass seine besten Tage schon lange hinter sich hatte. Die Farbe war abgeblättert und im Vorgarten wucherte das Unkraut zwischen Rosenbüschen, die dringend einen Rückschnitt gebraucht hätten.

Wir klingelten mindestens zehnmal, doch niemand öffnete. Es war dunkel hinter den Fenstern und kein Laut war zu hören.

Ich war verzweifelt.

Nina zischte mit knirschenden Zähnen:

„Zur Polizei …"

Dort erfuhren wir, dass sie nichts machen konnten, denn Isabell schien freiwillig mit ihm gegangen zu sein. Nur, wenn sie in Gefahr wäre … ja dann.

„Was glauben Sie, warum Isabell ihn verlassen hat? Er ist ein Mistkerl und er wird nicht nett zu ihr sein."

Bedauernd schüttelten die Polizisten die Köpfe. Ich dachte schon, dass Nina jetzt jede Sekunde zu ihnen über den Tresen springen würde, direkt durch das Panzerglas hindurch. Sie sah ein wenig Angst einflößend aus – ihre Augen waren zu schmalen Schlitzen geschmolzen und ihre Hände waren zu Fäusten geballt. Ihr sonst recht hübscher Mund war ein schmaler Strich und jede Farbe war daraus gewichen.

Mit der flachen Hand schlug ich auf die Platte der Theke, an der wir standen. Die Polizisten hinter der dicken Glaswand zuckten zusammen. Sie würden uns ja verstehen, meinten sie. Doch es nutzte nichts.

Mit hängenden Köpfen, total frustriert, verließen wir die Polizeistation.

Nina fuhr mich nach Hause. Ich dankte ihr und drückte sie fest.

Als ich meine Wohnungstür aufschloss, überkam mich eine derartige Hoffnungslosigkeit und Trauer, dass ich mich setzen musste. Und Wut kam dazu. Und rasender Zorn und Hass.

Ich musste an Kain und Abel denken. Sie waren Geschwister gewesen, was dieser Tragödie noch etwas mehr an Tiefe verlieh. Niemals zuvor hatte ich solche Gefühle in mir gespürt. Ich wollte zerstören, vernichten, um mich schlagen, verletzen.

Und ich wollte Isabell bei mir haben. Sicher und unversehrt.

Ich legte mich ins Bett, angezogen wie ich war und starrte an die dunkle Decke, in die Dunkelheit – die Schwärze, die mich umgab.

Hilflos war ich. Nicht fähig, irgendetwas zu unternehmen. Isabell konnte mit ihrem Ex sonst wo sein. Ich krümmte mich zusammen, bis ich so rund und klein wie ein Embryo im Bett lag.

Wer konnte jetzt helfen? Wie sollte ich das nur ertragen? Wie sollte Isabell das nur ertragen?

Irgendwann schlief ich vor Erschöpfung ein. Die Augen fielen mir einfach zu und ich kippte weg in einen unruhigen Schlummer.

Isabell

Er kam in den Buchladen. Einfach so. Das dies nichts Gescheites zu bedeuten hatte, war mir sofort klar. Dafür kannte ich ihn zu gut.

Was hatte ich nur jemals an ihm finden können? Gut. Er war ein gut aussehender Mann. Groß, gut gebaut. Doch - wie ich mit den Jahren herausfand - war er ein großartiger Schauspieler und Blender. Und er hatte wenig Gefühl und Liebe. Außer der Liebe zu sich selbst. Und die war enorm.

Nach einer gewissen Zeit kommen solche Dinge in einer Beziehung einfach ans Tageslicht. Irgendwann ist alle Schauspielkunst vergebens und wird nicht mehr ausreichen, um die Theatervorstellung aufrecht zu erhalten.

Als er damals anfing, mit den kleinen Schubsern und Stößen in den Rücken und in die Seite, versuchte ich noch, sein Verhalten mit seiner schlechten Kindheit zu erklären. Er ließ mich nicht mehr aus den Augen, kontrollierte mich bei jedem meiner Atemzüge und Schritte und nahm mir mein selbstverdientes Geld weg.

Jetzt wird jeder sagen: Aber hallo! Heutzutage! Wie soll das möglich sein. Ich sage: Es ist möglich. Und ich hatte keine Chance, da rauszukommen.

Als er im Buchladen stand, zog er mich grob auf die Seite. Nina war im hinteren Teil des Buchladens, sonst hätte er es sicherlich nicht gewagt, mich so derb zu behandeln.

Doch so stand ich zitternd mit ihm in einer Ecke und er drohte mir. Dass er Jonas weh tun würde. Außer ich käme mit ihm mit.

Was hatte ich denn da für eine Wahl?

Als wir im Auto saßen, sah er mich grimmig an, doch auch mit einer Spur von Triumpf in seinem Gesicht. Er schrie mich an, dass ich ihn nicht noch einmal verlassen würde.

Und mir brach das Herz. Ich dachte an Jonas. An unsere wunderbare Zukunft, die wir bis vor kurzem noch hatten. Ich liebte ihn, mit jeder Faser meines Herzens, meines Körpers, meines Seins. Ich dachte an die eine Nacht. Als wir uns fanden in der Dunkelheit, nur vom Mondlicht begleitet.

Jonas war so zärtlich, behutsam, doch voller Leidenschaft. Ich ließ mich leiten von ihm, von unseren Gefühlen und schmeckte die Süße der Lust.

Und mit Eiseskälte sagte ich da zu ihm:

„Ja, ich gehe mit dir. Und du lässt Jonas in Frieden. Aber wehe du fasst mich an! Wehe! Dann werde ich dich töten. Irgendwann einmal musst du schlafen und dann werde ich dich erwischen. Also, lass mich in Ruhe."

Meine Stimme war ein schneidendes Samuraischwert und meine Augen waren eiskalt auf ihn gerichtet.

Heute wusste ich, was wirkliche Liebe bedeutet, bedeuten konnte und ich gab mich damit zufrieden, dass ich Jonas in Sicherheit wusste.

Er sah mich verdattert an. Doch er nickte. Die Größe und die Masse seines Körpers standen im krassen Gegensatz zum Volumen seines Verstandes.

Mir war klar, dass mich von nun an ein freudloses und trostloses Leben erwartete. Doch um Jonas zu schützen, hätte ich noch viel mehr getan.

So vergingen die Tage und Wochen. Ich wusste nicht, wo er mich hingebracht hatte, denn er verband mir die Augen. Wir schienen keine Nachbarn zu haben und wenn er weg ging zum Einkaufen oder zur Arbeit, schloss er mich ein.

Dann eines Tages … ich wusste … ich spürte es … und Tränen rannen über meine Wangen. Ich erwartete ein Kind. Von Jonas.

Und das war der Moment, der alles in mir veränderte, als mir klar wurde, dass mich hier nichts mehr hielt.

Seine Versprechen waren keinen Pfifferling wert und bis an mein Lebensende hier zu sitzen, war keine Option. Ihm zu vertrauen bedeutete, dass der Wolf dem Schaf sagte, er würde es nicht fressen.

Mein Kind sollte ihn nicht kennen lernen.

Ich überlegte fieberhaft, wie ich ihm entkommen konnte. Zuerst musste ich freie Bahn haben, um mich dann zu orientieren. Und dann zu Jonas. Bei diesem Gedanken flatterte mein Herz und ein kleiner Punkt in meinem Bauch fing an zu vibrieren. Ich legte meine Hand darauf und fühlte ein kleines Flattern, wie der Flügelschlag eines Schmetterlings und ich war glücklich.

In den nächsten Tagen durchstöberte ich die Räume. Ich suchte etwas brauchbares, irgendetwas, das mir half, von hier weg zu kommen.

Die Fenster waren mit Gittern versehen, ich rüttelte daran, doch sie waren felsenfest. Hier wurde schon lange nicht mehr sauber gemacht, stellte ich fest. Überall lag Staub und Schmutz herum. Ich schüttelte mich. Wenigstens waren das Klo und Bad einigermaßen in Schuss. Darauf achtete ich. Ansonsten sah ich keinen Anlass, mir mit

Saubermachen die Zeit zu vertreiben. Meinem Ex war es egal.

Ich durch stöberte Schränke und Truhen, wühlte mich durch jedes Zimmer. Ich fand alte Wäsche – also so eine, die vor fünfzig oder auch hundert Jahren der letzte Schrei gewesen waren. Mit Spitze, die sicherlich von Hand gefertigt war und die höllisch kratzte. Ein paar Spielsachen, für die jeder Sammler ein kleines Vermögen ausgegeben hätte. Darunter waren auch Handschellen und dabei lag eine Polizeiuniform. Vielleicht ein Faschingskostüm, überlegte ich. Doch es sah richtig professionell aus. Die Uniform war aus gutem Stoff und akkurat genäht und die Handschellen waren stabil. Es lag jede Menge wild zusammengewürfeltes Zeugs herum, dass bestimmt niemand mehr brauchte.

Und dann machte es mit einem Mal „peng" bei mir. Ich war mir absolut sicher, dass wir in einer Schrebergartenanlage waren. Mein Ex hatte mir mal erzählt, dass er dort früher einmal eine Weile lang gewohnt hat, als seine damalige Freundin ihn raus geworfen hatte. Es gehörte seinen Eltern und das Haus war solide gebaut, mit einem großen Garten und vielen Obstbäumen. Sogar ein kleiner Teich war dort. Daran konnte ich mich erinnern. Und ich wusste, dass die Schrebergärten am Rande der Stadt waren.

Ich jubelte innerlich auf. Nun musste ich nur noch weg kommen von hier. Der kleine Punkt in meinem Bauch flatterte aufgeregt.

Die nächsten Tage überlegte ich fieberhaft und stöberte immer wieder durch die Räume. Einen Keller gab es nicht und ich probierte wohl zum hundertsten Mal alle Türen, ob nicht vielleicht doch eine offen war. Ich versuchte so normal wie immer zu wirken, war aber sehr aufgeregt.

Eines Nachts träumte ich von einem Engel. Ein kleiner, der aussah, wie ein Kind. Er lächelte mich an und sagte:

„Jonas wartet auf dich ..." und dann hielt er plötzlich in seinen kleinen Händen Handschellen. Es waren die gleichen, die ich bei der Polizeiuniform gesehen hatte. Ich weiß noch, wie sehr ich mich über diesen Traum wunderte, denn es sah wirklich mehr wie paradox aus – die Handschellen in den Händen des kleinen Engels.

Als ich am Morgen erwachte, war mir jede Einzelheit des Traumes bewusst. Mein Exmann war schon fort und ich dachte nach. Mein Kaffee wurde kalt und meine Stirn lag bestimmt in tausend Falten.

Und dann – wusste ich wie ich fliehen konnte. Ich hätte kotzen können, aber es war die einzige Möglichkeit.

Dann, am Abend, als er heim kam, setzte er sich an den Tisch und ich servierte ihm sein Lieblingsessen. Im Vorratsraum stand eine gut gefüllte Gefriertruhe, denn er erwartete von mir, dass ich für ihn kochte.

Ich selbst aß kaum was und sah ihm nur zu, wie er das Essen in sich hinein schaufelte.

Meine Anstrengung war riesengroß, ihn nett anzusehen und ihn anzulächeln. Im Schlafzimmer hatte ich bereits meine Vorkehrungen getroffen und wenn ich daran dachte, drehte sich mir der Magen um.

Doch der kleine Engel hatte Recht. Es gab nur diese eine Möglichkeit. Ich musste ihn bewegungsunfähig machen.

Ich holte ihm eine zweite und dritte Flasche Bier und als ich das Geschirr abgeräumt hatte, ging ich ins Schlafzimmer. Ich blickte mich nach ihm um und er sah mich an. Mein Lächeln sollte verführerisch sein. Keine Ahnung, ob es das tatsächlich war, doch er stand auf und folgte mir und leckte sich über die Lippen.

Im Schlafzimmer standen wir ganz nah zusammen und er legte seine Arme um mich und versuchte, mich zu küssen.

Ich schob ihn weg und zog die Handschellen heraus, sagte ihm, dass ich es spannend haben wollte. Anders. Ich schickte tausend

Stoßgebete zum Himmel, dass er nichts merken würde.

„Also doch", sagte er augenzwinkernd „Wusst ich`s doch, alles eine Frage der Zeit! Du kleine wilde Hexe ..." und er ließ sich bereit willig die Handschellen anlegen. Und so schmiedete ich ihn damit ans Bett.

Was dann passierte, glich einem Inferno, einem tobendem Sturm, ein bisschen einem Weltuntergang.

Ohne große Emotionen sagte ich ihm, dass er gern weiter träumen konnte und von mir aus bis zum Sankt-Nimmerleins-Tag im Bett angekettet bleiben könnte. Dabei hob ich meine Augenbrauen lasziv in die Höhe. Er kapierte sofort. Da war er wirklich auf Zack. Er schrie und tobte und das Bett wackelte. Er hatte wirklich ausgefallene Schimpfwörter für mich. Da waren Schlampe und Biest noch sehr harmlos. Ich drehte mich um und ging mit festem Schritt zur Eingangstüre. Der Schlüssel steckte und ich zog ihn ab und schloss ihn ein.

Es war Abend, die Nacht brach gerade herein. Ich hatte kein Geld für ein Taxi und so musste ich laufen. Ich wagte nicht, ein Auto anzuhalten aus Angst, was da unter Umständen auf mich zukommen würde. Ich lief eineinhalb Stunden und dann stand ich vor der Türe von Jonas. Mein Atem ging schnell und ich war froh, dass ich es geschafft hatte. Heute, in dieser Minute, war ich eine andere geworden. Ich kämpfte für das, was ich liebte.

Und ich flüsterte leise in die immer größer werdende Dunkelheit:

„Danke kleiner Engel."

Dem Himmel sei dank

Die Tage wurden mir zur Qual. Besonders die Zeit, wenn ich allein zuhause war, im Bett lag und nicht schlafen konnte. Ich wälzte mich von einer Seite auf die andere und dachte an Isabell. Wie es ihr ging.

Wenn ich in der Kirche arbeitete, waren meine Gedanken gerichtet auf mein Tun. Meistens wenigstens.

Das Bild von Kain und Abel war fertig. Schon seit einiger Zeit. Ich hatte noch drei Bilder fertig zu stellen, dann war mein Auftrag erledigt. Dazu gehörte das Bild der Salome, wie sie das Haupt von Johannes auf einem Tablett trug. Dann war da noch ein Bild von Moses. Es war geteilt. Eine Hälfte zeigte ihn im Bastkörbchen als Baby und die andere Hälfte, als er die zehn Gebote erhielt. Das dritte Bild zeigte Noah und die Arche und viele Tiere. Das würde sehr viel Zeit in Anspruch nehmen, die vielen Tiere. Doch mir war es recht. Mein Zeitplan stimmte und ich mochte die Kirche. Sie war fast mein zweites Zuhause geworden.

Ich breitete vor dem Bild der Salome gerade die große Malerdecke auf dem Boden aus, damit meine Kleckse, die leider manchmal passierten, keinen Grund zur Mehrarbeit geben würden. Da hörte ich hinter mir ein leises Schnauben und so drehte ich mich um.

Ich war ja nun schon einiges gewohnt, doch in diesem Moment, blieb mir der Mund offen stehen.

Auf einer der Rückenlehnen der Kirchenbänke saß ein kleiner Engel.

Er war pausbäckig und hatte hübsche, kleine Flügel und um seinen runden Bauch wand sich kunstvoll ein glänzendes, goldenes Tuch. Seine Lippen waren blutrot und in seinen Augen lag ein warmer, doch auch spitzbübischer Schimmer.

Ich sagte etwas unsicher „Hallo" zu ihm und plötzlich überzog ein strahlendes Lächeln sein Gesichtchen und er erwiderte mit einer ganz hellen, melodischen Stimme:

„Hallo Jonas. Endlich ist es Zeit, dass wir uns kennen lernen."

Vorsichtig, ihn nicht aus den Augen lassend, ging ich auf ihn zu, bis ich vor ihm in der Bankreihe stand.

Er legte seinen Kopf ein wenig schief und musterte mich ebenfalls.

„Du hast ja einen Bauchnabel ... ja wurdest du denn geboren?" Ich war irgendwie erstaunt und sah ihn fragend an.

„Natürlich", er schmunzelnde bei seinen Worten ein wenig und sagte dann weiter „Ich wurde geboren aus Liebe."

Seine Augen strahlten dabei und als ich ihn fragte, woher er käme, da zeigte er nach oben. Ich versicherte ihm, dass mir das schon klar war, dass er vom Himmel käme, doch da kicherte er und zeigte an die Decke der Kirche. Dort war der Himmel mit hübschen kleinen, weißen Wölkchen abgebildet und tatsächlich … auf der einen Seite war eine leere Stelle auf einer duftigen Wolke. Alle anderen Wolken waren besetzt mit hübschen Engelchen, die ihm wie aus dem Gesicht geschnitten waren.

Dann zeigte sein kurzer Knubbelzeigefinger auf mich, genauer gesagt, auf meinen Bauch und er trällerte gut gelaunt:

„Du hast auch einen Bauchnabel Jonas! Bist auch aus einer großen Liebe heraus geboren worden – wie alle Menschen. Vater hat mir das mal erklärt. Wirklich beeindruckend. Jeder kommt vollkommen und in absoluter Liebe auf diese Welt hier."

Dabei blinzelte er ein wenig und dann zwinkerte er mir zu.

„Ich bin ein Cherubim und mein Name ist Rubi. Ich seh dir schon lange bei deiner Arbeit zu. Du machst das wirklich toll. Jesus ist auch ganz begeistert von dir und Maria erst!" Dabei schnalzte er mit der Zunge. Er war irgendwie … unengelhaft.

„Komm setz dich", seine Stimme klang wie die eines Kindes, doch in seinem Blick lag die ganze Welt.

„Kain erzählt dauernd von dir!" Dabei machte er eine weitreichende Handbewegung und seine kleinen Flügel flatterten dabei.

„Er kriegt sich nicht mehr ein, von dir zu schwärmen. Naja. Der arme Kerl geht in die Geschichte ein als Brudermörder. Nicht sehr schmeichelhaft. Dieses Image wird er nicht mehr los." Er zog eine kleine Schnute bei seinen Worten.

Meine Verblüffung wuchs ins Unendliche. Nicht nur, was Rubi da erzählte, sondern auch seine Wortwahl war alles andere als himmlisch, fand ich.

„Reg dich nicht auf Jonas. So was gibt und gab es, solange es euch Menschen gibt. Es gibt immer zwei Seiten. Eine dunkle, eine helle. Eine brave und liebe und eine unheilvolle. Sommer und Winter.

Schau – selbst bei uns ist nicht alles nur heilig. Schau dir Luzifer an. Ein gefallener Engel.

Also nichts, worüber es sich lohnt, in Aufregung zu geraten. Vater schnaubt dabei immer, wenn wir auf dieses Thema zu sprechen kommen. Er meint, sein Geschenk des freien Willens müsste er vielleicht noch einmal überdenken ... aber dabei hat er ganz viele kleine Lachfalten um seine Augen. Ich glaube ja nicht, dass Vater irgendetwas überdenken muss. Und er meint es auch nicht ernst, wenn er das sagt.

Vater sagt auch immer zu mir, dass ich etwas anders bin, als die anderen Cherubime. Naja. Jeder von uns ist halt so, wie er ist. Ich bin ein wenig … ausgefallen. Vater sagt, es ist alles so, wie es sein soll. Cool – nicht wahr?"

Dabei geriet er ins Lachen, ein helles, fröhliches Lachen, dass von den Kirchenwänden zurück geworfen wurde. Irgendwann hallte es vor und zurück und rüber und hinüber und die Kirche war erfüllt von seinem Gelächter, wie bei einem Kanon.

Ich war entzückt von ihm. Er hatte etwas naives, doch auch etwas sehr bestimmtes und klares. Auch wenn er aussah, wie ein Kind mit Flügeln, so war er weise und wissend. Da war ich mir total sicher. Er war ja schließlich ein Engel.

Dann hoppste er von der Lehne hinunter und saß auf meinem Schoss. Ich spürte seine Wärme, die Zartheit seiner Haut. Seine kleinen Flügel surrten ein wenig und er hob seine Knubbelhand und legte sie an meine Wange.

Aus seiner Hand floss – ich kann es nicht anders sagen – Hoffnung und Zuversicht. Er lächelte mich an und sagte schmunzelnd:

„Da kannst du gleich ein wenig üben ..." und schon wieder lachte er lauthals.

Ich sah ihn irritiert und fragend an. Was meinte er nur damit?

„Du wirst das bald verstehen Jonas. Ich muss jetzt zurück ..." Dabei schwenkte er seinen Augen gen Himmel.

„Oh schade", entfuhr es mir „Besuchst du mich wieder?" Ich wollte so gerne noch weiter mit ihm sprechen und es war schön, wie er da bei mir saß. Rubi fühlte sich so wunderbar an und er verströmte ein Wohlgefühl, das sich wie feiner Nebel auf mich legte.

„Na klar!" Rubi nickte heftig dabei „Ich will doch hören, was du dazu gesagt hast!" Er rollte mit den Augen und klatschte in die Hände.

Ich hatte keine Ahnung, von was er sprach, doch es machte mich froh, dass ich ihn wieder sehen würde.

An diesem Abend, als ich nach Hause gekommen war und mir gerade eine Suppe kochte, klingelte es an meiner Wohnungstür. Ich hielt den Kochlöffel noch in der Hand, als ich öffnete.

Mein Herz machte einen Sprung, denn Isabell stand vor mir und sagte nur „Jonas" und ich warf den Kochlöffel mit einem Schwung weg und griff nach ihr und zog sie in meine Arme.

„Geht es dir gut mein Herz?", fragte ich sie „Hat er dir was getan?" Und ich streichelte ihren Rücken und drückte sie fest an mich. Ich glaube, sie hätte gar nichts sagen können, so fest presste ich sie an mich. Als ich das merkte, ließ ich sie ein wenig los und schaute in ihr Gesicht.

Isabell − sie war es und doch war es eine andere Isabell, das spürte ich sofort. Ich hatte Angst, dass er sie verletzt hatte, ihr weh getan hat.

„Mir geht es gut", sagte Isabell „Jetzt ist wieder alles gut ..." und Tränen rannen ihr über die Wangen. Sie weinte und ihr Mund lachte dabei.

Ich setzte sie aufs Sofa und legte eine Decke um sie. Dann holte ich die Suppe und wir aßen zusammen. Wir sprachen nicht viel, sahen uns nur an.

Dann – erzählte mir Isabell, was seit dem Tag geschehen ist, als er sie aus dem Buchladen weg holte.

Ich hielt dabei ihre Hand und unterbrach sie nur für kurze Rückfragen.

Als sie zum Teil ihrer Flucht kam, musste ich schlucken, es schnürte mir die Kehle zu. Meine Güte, war sie mutig gewesen. Als sie mir von den Handschellen erzählte und dem kleinem Engel, der sie im Traum auf diese Idee brachte, schmunzelte ich.

Ich sagte zu ihr:

„Ich kenne ihn – er heißt Rubi. Vielleicht kann ich ihn dir mal vorstellen. Ein wunderbarer kleiner Kerl."

Isabells Augenbrauen schossen in die Höhe, doch sie nickte. Ich wusste, dass sie nicht allzu verblüfft war, denn auch sie führte in den Kirchen ja hin und wieder „Gespräche".

Sie sagte, morgen werde sie zur Polizei gehen und ihnen den Schlüssel bringen. Heute Nacht soll er seine Bettruhe genießen und selbst wenn er sich befreien konnte, würde er nicht aus dem Haus kommen.

Ich nickte. Er würde hinter Gitter wandern. Hoffentlich für eine lange Zeit.

Dann sagte Isabell – und ihre Augen hatten einen wundervollen Glanz dabei:

„Jonas, ich muss dir noch was sagen …" Sie war ganz aufgeregt und ihre Hände flatterten dabei nervös umher „Jonas … wir bekommen ein Kind …" und sie legte dabei eine Hand auf ihren Bauch.

Und ich sah sie an und mit einem Mal war die Veränderung an ihr völlig klar. Sie war mutig wie eine Löwin und voller Kraft. Isabell verteidigte unser Kind, unser gemeinsames Glück. Es gab ihr den Mut zur Handlung. Meine Isabell.

Ich zog sie in meine Arme und stammelte nur „Ein Kind … ein Kind … unser Kind!" und ich weinte dabei und war so glücklich wie nie in meinem Leben.

Und mit einem Mal wusste ich, was Rubi gemeint hatte, der liebe kleine Kerl. Das Baby. Unser Kind. Und meine Lippen verzogen sich zu einem Grinsen.

Später einmal, erzählte Isabell mir, dass sie nicht verstehen konnte, warum sie mit ihrem Exmann mitgegangen war. Warum sie ihm geglaubt hatte, dass er mich in Ruhe lassen würde. Sie war verängstigt damals und immer wieder dachte sie an die Prügelei zwischen uns beiden. Das war wohl ausschlaggebend.

Als sie dann merkte, dass sie schwanger war, konnte sie nichts mehr halten.

Wieso hatte sie das nur alles ertragen? Aus Liebe, flüsterte eine Stimme in mir. Und mein Verstand erwiderte, dass es doch unlogisch war. So etwas zu glauben. Mit ihm zu gehen. Und – wie lange hätte er sie dort noch gefangen halten können? Das war doch alles eine Schnapsidee, sagte mein Verstand. Und mein Herz sagte, dass aus Liebe mitunter sonderbare Dinge geschehen. Und Liebe verleiht uns auch eine Kraft, die wir sonst allein nicht aufbringen könnten. Sie lässt uns riesig werden.

Manche nutzen diese Kraft für wundervolle Taten und manche nicht. Ob es dann auch wirklich Liebe war und nicht Egoismus?

Also – seitdem ich in der Kirche meinen Auftrag erfüllte, da häuften sich die Fragen bei mir. Meine Welt, wie sie einmal war, gab es nicht mehr. Ich wunderte mich. Noch ein bisschen. Manchmal. Irgendwie schien es zu meinem Leben zu gehören.

Und mein Herz ... ich hörte, wie es raunte „Es gehört zu euer aller Leben ... Liebe ... aber nur die bedingungslose Liebe wird erlösen und frei machen ..."

Salome

Ich empfand großes Glück in mir, als ich in der Kirche vor dem Bild der Salome stand. Lange betrachtete ich sie und hing dabei meinen eigenen Gedanken nach.

Isabell und ich hatten beschlossen, dass wir uns ein kleines Häuschen oder eine größere Wohnung suchen würden. Wir brauchten ja jetzt auch ein Kinderzimmer.

Ich war wieder einmal erstaunt, wie schnell sich die Welt von grausam und schrecklich in wundervoll und glücklich verwandeln konnte. Natürlich auch umgekehrt. Damals bei meinen Eltern zum Beispiel.

Von einer Sekunde zur anderen war alles anders. Und es gab kein zurück. Wir können unser Leben nicht zurück spulen und es ändern. Es gibt keine Wiederholung.

Jeden Tag treffen wir Entscheidungen. Oft sind es nur kleine, die uns als solche gar nicht auffallen. Doch — was würde passieren, wenn auch diese kleinen Entscheidungen einen anderen Weg genommen hätten — wenn wir uns für eine andere Variante entschieden hätten? Natürlich werden wir es nie erfahren, aber es hat mich schon immer fasziniert, das „wenn". Bei den großen Entscheidungen sind die Alternativen meist recht offensichtlich und es hängt davon ab, wo wir gerade stehen. Davon hängt es immer ab. Woran wir in dieser Sekunde glauben, was uns sinnvoll erscheint, wie gut wir unser Herz in diesem Augenblick hören. Doch auch hier gilt: was wäre wenn?

Meine Mutter mit ihrer „lieben Seele" kam in meiner Erinnerung hoch. Und ich wusste aus Erfahrung, wenn ich die falsche Entscheidung getroffen hatte, war mein Weg beschwerlich und lang.

Es war im Grunde genommen recht einfach: hör auf das, was dein Herz dir sagt!

Doch so einfach nun auch wieder nicht. Unser Verstand findet regelmäßig tausend Gründe, nicht auf das Herz zu hören. Ganz schön verzwickt. Unser Verstand möchte uns vor Schaden bewahren. Er ist der volle, nüchterne Ratio ohne Gefühlsduselei. Sein Job.

Nur – warum hören wir so oft mehr auf ihn, als auf unser Gefühl?

Ich schüttelte den Kopf und war in Gedanken versunken.

Plötzlich hörte ich eine Stimme. Sie war traurig und leise und sie sprach nicht zu mir, sondern nur für sich selbst:

„Meine Mutter begehrte seinen Tod. Johannes sollte sterben. Doch Herodes verweigerte ihr den Wunsch. Dann, es war der Geburtstag von Herodes, tanzte ich auf dem Fest. Viele Würdenträger, große Männer waren dort und Herodes war verzückt über meinen Tanz. Er versprach mir, dass er mir jeden Wunsch erfüllen würde. Ich wusste nicht, was ich mir wünschen sollte und fragte meine Mutter Herodias um Rat. Und sie sagte mir, ich solle mir den Tod des Johannes wünschen. Ich tat es und hielt später am Abend eine Schale mit dem Kopf von Johannes in meinen Händen."

Sie schluchzte wild und ich sah sie im Bild, wie sie aufgestanden war. Ihre Haltung war nach vorn gebeugt, demütig. Salome war wirklich wunderschön. Sie hatte langes dunkles Haar, das ihr bis zur Hüfte reichte. Ihr Gesicht war ebenmäßig, mit klarer Haut. Lange Wimpern umgaben die mit schwarzer Kohle umrahmten Augen. Sie war feingliedrig und schlank. Das Gewand, das aus dünnem Stoff gewebt war und mehr entblößte, als verbarg, umhüllte ihren Körper liebevoll und ließ die Fantasie des Betrachters beträchtlich anschwellen. Sie hatte goldene Kettchen um die Fußknöchel, an denen kleine Glöckchen befestigt waren und eine dicke Goldkette um den Hals.

Wirklich – sie war schön und ihr Körper atemberaubend.

„Ich war schuld an seinem Tod", sprach sie klirrend weiter. „Er starb aus einer Laune heraus … weil meine Mutter seinen Tod wünschte. Ich bin schuldig, werde es immer sein. Ich war so eitel und dachte nicht, dass Herodes es tun würde. Macht fühlte ich, ein irres Gefühl der Selbstdarstellung. Das Gefühl ein Unrecht zu begehen, verdrängte ich."

Dann plötzlich blickte sie mich direkt an. Und ich dachte unwillkürlich an Kain. Beide hatten sie eine Entscheidung getroffen, im Bruchteil einer Sekunde. Beiden war mit Sicherheit absolut klar gewesen, dass sie gegen die Liebe und gegen ihr Herz agierten. Und doch nahm das Verhängnis seinen Lauf.

„Was soll ich nur tun?" Die Farben, die ich ihr wieder geben würde, waren mehr als verblasst. Vielleicht lag das auch an ihrer Traurigkeit. Verzweiflung lag über ihr wie eine dicke, dunkle Gewitterwolke.

Ich überlegte krampfhaft, was ich ihr sagen konnte. Meine Güte! Ich war doch kein Psychologe. Dann – versuchte ich meinen Verstand auszuschalten – worüber der nicht sehr begeistert war – und mein Herz sprechen zu lassen:

„Hallo Salome … du fragst mich etwas, dass nur er …" und dabei zeigte ich mit dem

Finger nach oben „… beantworten kann und dein Herz.

Mein Herz sagt mir, dass wir alle Fehler machen, Schuld auf uns laden. Dazu sind wir Menschen. Wir dürfen lernen und es beim nächsten Mal besser machen. Erfahrungen sammeln und unser Selbst hinter fragen, Veränderungen herbei führen und die nächste Chance nutzen."

„Aber ich bin hier. Gefangen in dieser Mauer. Was sollte ich noch ändern können?"

Sie streckte eine Hand aus dem Bild und sagte „Darf ich dich berühren – bitte? Ich habe so Sehnsucht nach Wärme."

Und ich ging einen Schritt auf sie zu und nahm ihre Hand in meine beiden Hände. Umschloss sie vorsichtig. Sie war eiskalt und durchscheinend. Als ich in ihr Gesicht blickte, sah ich, wie ihre Wangen einen leichten rosa Hauch bekamen und ihre Gesichtszüge sich entspannten.

Und ich erzählte weiter, ohne groß darüber nach zu denken:

„Es ist wie bei Kain und seiner Geschichte. Ihr beide habt den Tod eines anderen Menschen auf dem Gewissen. Eine schwere Last, die ihr da tragen müsst. Aber in gewisser Weise tragt ihr sie für die

Menschheit. Ihr seid Beispiel, ihr sagt uns, wie es nicht sein sollte. Ihr regt uns an, darüber nach zu denken. Ob es lohnt, Hass und Wut zu empfinden und zu schüren. Ob es gut ist, selbstgefällig und eitel zu sein.

Die Menschen, die an eurem Bild vorüber gehen und mit dem Herzen schauen, werden es verstehen, die Botschaft, die ihr aussendet."

Salome hatte sich hingekniet, damit ihre Hand noch weiter zu mir hinaus ragen konnte. Erstaunt hob sie den Kopf und sah mich an.

Ich war hingerissen von ihrer Schönheit und mir war völlig klar, dass Herodes ihr alles versprochen hatte, was sie begehrte. Ihre Brüste schimmerten durch den leichten Stoff und es war schwierig, nicht dorthin zu sehen. Sie hatte ihre Lippen leicht geöffnet, so als wollte sie etwas sagen. Und ich dachte daran, wie es wäre … diese Lippen … nein! Ich verbot es mir. Was war nur in mich gefahren?

Manchmal – so wurde mir mit einem Schlag klar – wurde der Verstand automatisch ausgeschalten, wenn quasi die Bedingungen optimal waren. Wenn wir Dinge sahen oder ein Gefühl in uns angesprochen wurde – oder beides, dass unser innerstes Sehnen fütterte.

Denn – in diesem Moment war es zum Greifen nah, etwas, dass wir unbedingt haben wollten. Das uns versprach, glücklicher zu sein, wenn wir es denn hätten. Es bediente ein Gefühl, ein Sehnen, einen Trieb, ein Besitzdenken oder was auch immer.

Doch es war sonnenklar, dass dies nur eine Momentaufnahme war. Kein Mensch, kein Ding dieser Welt, kann uns das Glück geben, das wir für uns erhoffen, wenn wir nicht selbst in der Lage sind, uns dieses Glück selbst zu geben.

Langsam ließ ich ihre Hand los und sie seufzte.

„Ich kann dir nicht sagen, was du hören möchtest Salome. Und ich kann dir deine Schuld nicht nehmen. Doch ich persönlich glaube daran, dass uns immer vergeben wird, wenn wir mit ehrlichem Herzen danach verlangen."

Sie nickte und erhob sich, nahm die Haltung ein, die das Bildnis vorgesehen hat und wurde wieder starr.

Ich blieb noch lange vor dem Bild stehen. Einfach nur stehen. Die Erinnerung an das grad Geschehene strich um mich, wie ein lauer Sommerwind.

Am Abend erzählte ich Isabell davon. Und sie sagte „Arme Salome, so weit vom Weg abgekommen" und gleich danach „Wenn es nur so einfach wäre, den guten Weg zu finden und auf ihm zu bleiben ..."

Ja. Da hatte sie vollkommen recht. Sekunden entscheiden über unser Leben. Die Folgen sind oft weitreichend und dauern manchmal ein Leben lang oder noch darüber hinaus.

Ein langer Weg

Salome hatte ich schon fast fertig. Sie sah klasse aus, die Farben leuchteten. Auch der Kopf des Johannes. Bei ihm hatte ich eine gewisse Scheu empfunden. Ich brauchte viel rot. Er tat mir schrecklich leid. Aus einer Laune heraus verlor er sein Leben.

Ein bisschen noch den Hintergrund und ein paar Pinselstriche hier und da und dann war ich fertig mit ihrem Bild. Salome hatte seit damals nicht mehr mit mir gesprochen. Sie blieb stumm. Ich dachte mir, vielleicht gab es einfach nicht mehr zu sagen. Vielleicht hatte sie ihr Herz erleichtert und hatte mir das sagen können, was in ihr brannte. Und nun würde es vielleicht für die nächsten paar hundert Jahre wieder genug sein.

Was hatte ich nur manchmal für merkwürdige Gedankengänge?

Isabell und ich schauten nach Wohnungen oder kleinen Häusern. Bisher war alles zu teuer für uns oder wir gingen hinein und schüttelten beide den Kopf. Doch wir waren zuversichtlich, dass es genau das Richtige für uns geben würde. Wir mussten uns nur in Geduld üben. Das war wirklich eine schwierige Sache.

Geduld. Nichts wird jemals besser oder leichter, wenn man nicht genügend Geduld aufbringt, um die Dinge auf den Weg zu bringen.

Als ich auf meiner zweijährigen Reise war, stand ich einmal vor einem einfachen, hölzernen Schild, auf dem mit blauer Farbe gepinselt stand, dass man einen Fluss nicht anschieben kann. Ich hab keine Ahnung mehr, wo das war. Doch diese Parabel habe ich nicht vergessen.

In der Theorie hört sich das prima an, nur in der Praxis eine teuflische Sache.

Isabells Bauch wuchs und ich legte oft meine Hand darauf und sprach mit dem Kleinen. Manchmal fühlte ich ein kleines Zappeln, ein Zucken und dann strahlte ich über das ganze Gesicht. Unser Kind! Es war einfach nur wunderbar und wieder wurde meine Geduld geprüft. Am liebsten hätte ich es jetzt schon in meinen Armen gehalten und angesehen. Die Wärme seines kleinen Körpers gespürt, die Fingerchen mit meinen umfangen und ihn an mein Herz gedrückt. Isabell lachte, wenn sie meine Ungeduld sah.

Sie sagte:

„Wir warten das ganze Leben auf etwas … immer … jeden Tag … und vergessen dabei, den Moment zu sehen und zu genießen."

Isabell strich zärtlich über mein Gesicht dabei und sah mich liebevoll an.

„Du wirst ein prima Vater werden Jonas. Wir werden beide unser bestes geben!"

Ich nickte und zog sie in meine Arme.

Dann eines Tages rief mich Isabell aus der Arbeit auf meinem Handy an. Sie war ganz aufgeregt und ich musste immer wieder nachfragen, weil ich sie nicht verstehen konnte. Ihre Worte waren so hastig gesprochen, ohne Punkt und Komma.

Sie hatte ein kleines Häuschen gefunden. Eine Kundin bei ihr in der Buchhandlung hatte es erzählt. Dort hatte die Mutter der Kundin gewohnt und die war vor drei Wochen plötzlich verstorben.

Isabell war ganz begeistert und sagte mir, dass wir es am Abend anschauen dürften.

Wir trafen uns dort und schon als wir darauf zugingen, wussten wir beide, dass dies unserer Häuschen sein würde.

Es war bezaubernd. Es stand am Ortsrand des Nachbarortes. Direkt am Waldrand. Es war nur ein kleines Dorf mit etwa zweihundert Einwohnern. Das kleine Haus war in tadellosem Zustand, hatte fünf Zimmer, einen wundervollen Garten mit Ziehbrunnen und ein Gewächshaus. Vor dem Haus stand eine verwitterte Gartenbank und das Haus hatte frisch gestrichene, grüne Fensterläden.

Auch innen war es gepflegt und sauber und die Frau, die es uns zu einem wirklich annehmbaren Preis vermieten wollte sagte, dass sie es in den nächsten zwei Wochen räumen wollten. Wir könnten zum nächsten ersten des kommenden Monats einziehen und wenn wir gern noch etwas behalten wollten, dass drinnen stand, könnten wir das gerne tun.

So zogen wir Anfang Juli in unser neues Zuhause ein. Wir hatten nicht viele Möbel und waren froh, dass wir einiges übernehmen konnten und behalten durften von der verstorbenen Dame.

Wir richteten das Kinderzimmer ein, denn es waren nur noch gut zwei Monate bis zur Geburt.

In der Kirche meines Heimatortes war ich fertig. Alle Bilder leuchteten in neuen Farben und ich sah mich glücklich und zufrieden um. Irgendwie war es auch schade, fertig zu sein. Über viele Monate war hier mein Tagwerk gewesen und ich dachte an die vielen Begegnungen und Gespräche. Sie würden mir fehlen. Wehmut macht sich in mir breit.

Und ich seufzte.

Da kam Rubi von seiner Wolke, ganz oben im Gewölbe der Kirche, zu mir herunter geflogen. Er war lautlos wie eine Fledermaus, ich hörte keinen Flügelschlag und sah, als er näher kam, wie sein Gesicht ein breites Lächeln überzog.

Ich breitete lachend meine Arme aus und er landete ganz sanft darin.

„Hallo Rubi", sagte ich zu ihm „Schön dass du mich nochmal besuchen kommst. Ich bin fertig hier. Alle Bilder sind fertig."

Er streckte sich ein wenig in meinen Armen und bevor ich mich`s versehen konnte, hatte er seine kleinen Ärmchen um meinen Hals geschlungen und drückte sich an mich.

„Danke", sagte er leise an meinem Ohr „Von allen hier …" Dann nahm er seinen Kopf zurück und seine Nase berührte fast die meine.

Er roch nach frischem Wasser und Vanille. Seine Augen waren ganz dunkel, doch ich sah das Licht darin.

Dann sagte er noch etwas zu mir und diese Worte machten mich unendlich froh.

„Jonas – du glaubst doch nicht wirklich, dass du uns nur hier finden kannst! Ich habe wirklich geglaubt, dass du schlauer bist." Und dabei zwinkerte er und sein kleiner,

145

runder Bauch vibrierte vor unterdrücktem Lachen.

Ich sah ihn an und erwiderte seine Fröhlichkeit. Ich lächelte und sagte mal wieder „Gott sei Dank" und hörte ein tiefes Lachen, das von überall in der Kirche her zu kommen schien.

„Danke Rubi – wirklich vielen Dank!" Ich drückte ihn ein wenig an mich und dann schwebte er lautlos, wie er gekommen war, wieder zurück in den Himmel – also den gemalten Himmel an der Decke der Kirche. Dabei winkte er mir zu und ich zurück.

Mein nächster Auftrag war zum Glück nur eine halbe Stunde Fahrzeit entfernt von unserem neuen Heim.

Es war eine Kapelle, die auf einer Anhöhe stand. Sie trotzte dort wohl schon Ewigkeiten Wind und Wetter. Die Bilder hatten eine Restaurierung wirklich nötig. Manche Farbe war so durchscheinend, dass man kaum mehr erkennen konnte, was es darstellte. Hin und wieder sah ich auf dem Boden abgeblätterte Farbe liegen. Das würde viel Arbeit werden – viele Stunden würde es brauchen, bis die kleine Kapelle ihre Botschaften an den Wänden wieder klar erkennen ließ.

Ich nahm an, dass die Gemeinde das nötige Geld für die Restaurierung mühsam zusammen gespart hatte.

Der Bürgermeister hatte mir erklärt – und dabei krampfhaft in den Boden geblickt – dass es hoffentlich reichen würde, was er mir anbot. Ehrlich gesagt hatte ich mir doch etwas mehr erhofft, aber ein kleiner Gewinn blieb übrig für mich. Ich musste ja jetzt auch immer an meine kleine Familie denken, aber ich nickte dem Bürgermeister zu und ich merkte, wie just in diesem Moment die Lebensgeister des Bürgermeisters wieder erwachten. Als wenn ihm meine Zusage ungeahnte Energien zurück gebracht hätten. Wer weiß – vielleicht war das auch so.

Er gab mir noch einmal die Liste der Bilder, die ich wieder herstellen sollte. Dabei huschten seine Augen schnell von mir zu der Liste und wieder zurück. Die Liste war auch schon der Ausschreibung beigelegen. Ein Bild war noch hinzu gekommen. Es erstaunte mich.

Ich ging gleich mit der Liste in die Kapelle, um mir einen Überblick zu verschaffen und fotografierte die Bilder. Das hatte ich mir irgendwann einmal angewöhnt, denn ich stellte fest, dass ich zuhause manchmal noch gern einmal über die Bilder nach dachte und meine Vorgehensweise überlegte. Und so konnte ich sie mir in Ruhe ansehen. Wenn ein Bild fertig war, fotografiert ich es ebenfalls. Und so bekam ich über die Jahre eine Galerie mit „Vorher" und „Nachher" Bildern. Ich klebte sie in ein Album und schrieb unter jedes Bild, wo ich es gemacht hatte und das Datum.

Und natürlich blickte Gott vom Gewölbe unter dem Dach herab auf mich. Er war noch am besten erhalten und ich konnte ihn genau erkennen. Kleine Engel umschwirrten ihn und sein weißer langer Bart lag auf seinen Knien. Sein Haar war ebenso weiß, doch etwas kürzer. Sein Blick war nicht unfreundlich, aber dominant und kritisch, wie mir schien. Er blickte auf seine Schäflein und dachte sich dabei wohl so einiges.

Und dann sah ich das Bild, das erst nachträglich in die Liste mit aufgenommen wurde. Es war ein kleines Bild und hing in einer Nische der Kapelle. Man konnte es gut übersehen, denn es war nicht so hell in der Nische. Es zeigte Luzifer, den Teufel und er war umgeben von Dunkelheit und Schwärze und Feuer brannten um ihn herum. In der Dunkelheit sah man verschwommene Gesichter, voller Entsetzen und Angst. Der Teufel hatte das Gesicht zu einer Fratze verzogen und seine Augen blickten furchteinflößend. Mir stellten sich die Härchen an meinen Armen auf, jedes einzelne und ich schüttelte mich.

So ein Bild hatte ich noch nie in einer Kirche gesehen. Nun ja. Irgendwie gehörte er ja auch dazu. Luzifer war schließlich ein gefallener Engel.

An diesem Abend erzählte ich Isabell von dem einen Bild des Auftrages, dass der Bürgermeister noch hinein geschmuggelt hatte.

Isabell meinte, dass es ihm anscheinend peinlich gewesen war. Ja, das konnte gut sein. Ich hatte zwar keine Ahnung warum, aber es war seinem Verhalten nach, schon möglich.

Als die Dämmerung über unser Häuschen zog, saß ich mit Isabell auf der verwitterten Bank vor dem Haus. Ich legte eine Hand auf ihren dicken Bauch und spürte das Leben darin.

Die Rosen, die um das Haus gepflanzt waren, verströmten ihren betörenden Duft und ich sah die Farben der Blumen. Wunderbare Farben, an denen ich mich nicht satt sehen konnte. Ein Haselnussstrauch beherbergte das Nest einer Amselfamilie und im Apfelbaum saß eine Meise und trällerte ihr Lied.

Der nahe Wald schickte seine Dunkelheit voraus und seine Schatten schlichen sich in den Garten. Die Luft war noch erfüllt von der Wärme des Tages, doch man merkte auch sein schwinden. Es war friedlich und ich war von Dankbarkeit erfüllt.

Isabell hatte die Augen geschlossen und lehnte an mir. Ihre Hand lag auf meinem Bein und ich fühlte ihre Wärme.

Ohne die Augen zu öffnen sagte sie, dass heute das Urteil über ihren Exmann gefällt worden war. Ein Ruck ging durch meinen Körper, doch sie klopfte beruhigend mit ihrer Hand auf mein Bein.

Sie kannte mich gut, meine Isabell. Mit keinem Wort hatte sie mir den Lauf der Dinge erzählt, nur das Ergebnis. Denn sie konnte sich gut zusammen reimen, dass mich das alles sehr aufgeregt hätte.

Er hatte eine Haftstrafte auf Bewährung bekommen und die Auflage, sich uns nicht mehr zu nähern. Isabell erzählte mir weiter, dass ihr Anwalt geschrieben hatte, dass er wegziehen wollte. Irgendwohin, wo ihn keiner kannte. Hoffentlich weit genug weg, dachte ich mir.

Die Scheidung war nur noch eine Formsache und würde in den nächsten sechs Wochen erledigt sein. Ich atmete geräuschvoll aus und nahm Isabells Hand und küsste sie.

Die nächsten Tage verbrachte ich mit Vorbereitungsarbeiten in der Kapelle. Ich genoss die Stille dort, denn es verirrten sich kaum Besucher in die kleine Kapelle.

Ich beschloss, mit dem Bild des Teufels anzufangen. Es war nur ein Bild … und doch beschlich mich ein ungutes Gefühl. Meine Arme und Beine fingen zu kribbeln an, wenn ich davor stand. Herr im Himmel! Das konnte ja was werden. Deswegen wollte ich es so schnell wie möglich fertig haben.

Beim Säubern des Bildes passierte nichts. Doch als ich anfing, die aufgerissenen Münder in der Dunkelheit aufzufrischen, hörte ich ein Stöhnen und Wehklagen, dass es mir die Haare im Nacken aufstellte. Ich riss mich zusammen und arbeitete weiter. Ja, ich beeilte mich sogar, was ich sonst nie tat. Sonst ließ ich mir die Zeit, die ich brauchte.

Und mit einem Mal plumpste die Schwärze aus dem Bild und all die Gesichter, die darin verborgen waren, fielen auf den Boden vor mir. Und der Teufel ruckte herum und sprang aus dem Bild, direkt vor meine Füße. Er war gewachsen - das Bild war nicht sehr groß, nur etwa einen Meter auf einen Meter - und nun war er so groß wie ich und ich bemerkte sofort den eigenartigen Geruch, der ihn umgab. Ob dies nur meiner Vorstellungskraft entsprang – ich weiß es nicht.

Er stand vor mir, sah mich diabolisch an und blaffte unwirsch:

„Was soll der Scheiß? Mach das sofort wieder so, wie es war!"

Mir brach der Schweiß aus, als ich ihm erklärte, dass ich gar nichts dafür konnte. Er sah mich mit stechenden roten Augen an und mir fiel nichts Besseres ein, als zu sagen:

„Vielleicht wollen sie ja nicht bei dir sein …"

Der Teufel stampfte auf und ich sah den Huf an seinem linken Bein. Er qualmte aus den Ohren, was sich sicherlich nicht beschwichtigender auf die Situation auswirkte.

Oh Hilfe, dachte ich mir. Doch da polterte er schon weiter:

„Natürlich warst du das! Ist bisher noch nie geschehen, erst als du vor mir gestanden bist. Und was für ein Schwachsinn! Sie wollen nicht bei mir sein! Sie müssen bei mir sein. Ihre eigene Schuld. Aber was verstehst du schon davon." Sein Blick war voller Verachtung.

In mir kroch Unwillen hoch, ich bemerkte dies mit Bestürzung. Sich mit dem Teufel anlegen war bestimmt keine gute Idee.

„Warum tust du das? Warum tust du, was du tust? Die Menschen quälen, sie ängstigen und ihr Leben mit Dunkelheit überziehen?"

Da lachte der Satan ein blechernes Lachen und sagte nur ironisch:

„Der Glaube macht es wahr!"

Er zog die Schultern hoch und sein Grinsen war wölfisch, als er sagte:

„Die Menschen sind selber schuld. Wenn sie sich mir zuwenden … was soll ich tun? Ich habe schließlich auch einen Job und einen Ruf zu verlieren."

Wie der Teufel da so vor mir stand, da hätte ich ihm am liebsten eine Kopfnuss gegeben, was aber durch die beiden imposanten Hörner links und rechts auf seiner Stirn nicht so einfach gewesen wäre.

Überall herrschte die Zwei-Seiten-Politik. Gut und böse. Hell und Dunkel. Mann und Frau. Heiß und Kalt. Es gibt bei allem immer zwei Seiten. Und da heißt es, die Balance finden. Nur ist das wirklich schwierig. Es ist, als ob sie sich manchmal regelrecht verstecken würde, die Balance.

Und der Satan – er war die eine Seite. Und in dem Moment plagte mich die Neugier und ich fragte ihn:

„Du warst doch mal ein Engel. Was ist passiert? Warum hast du hell gegen dunkel eingetauscht?"

Er schürzte seine Lippen und zog eine Augenbraue hoch. Und ich glaubte fast, dass er nach einer Antwort suchte.

Die Schwärze, die am Boden lag, mit den offenen, gequälten Mündern darin, zog sich an den Mauerrand zurück. Sie quetschten sich in die Ecke wie verschreckte kleine Küken.

Er ging um mich herum, als ob ich ein seltenes Tier wäre. Das Klacken seines Hufes klang irgendwie sonderbar. Er roch irgendwie abgestanden und ich sah das Fell, die dunklen, borstigen Haare, die seinen Körper überzogen. Der Teufel rieb sich sein Kinn und seine Antwort war anders als von mir erwartet. Er schien mir fast verträumt, zumindest etwas leiser, als er mir antwortete:

„Ich habe Vater angefleht, dass ich andere Dinge tun kann. Er sagte zu mir, dass ich ein Engel bin, dass ich einen Auftrag zu erfüllen habe.

Keiner hat mich verstanden. Ich bin anders und durfte es nicht sein. Nachdem im Himmel nur Platz für Engel und Licht ist, umgab mich die Dunkelheit. Und ich habe eben das Beste daraus gemacht. Die Menschen haben mich zu dem gemacht, was ich bin. Du erinnerst dich: Der Glaube machte es wahr.

Das, was sie in mir sehen wollten, haben sie gesehen. Sie hatten Angst vor ihren eigenen Schandtaten, ihre Schuld erdrückte sie, sie glauben an eine Hölle, die ihrer eigenen Fantasie entspringt. Weil sie denken, wenn sie böse sind, müssen sie bestraft werden."

Seine Worte klangen bitter. Er verschränkte die Arme vor seiner Brust und sah mich fixierend und starr an.

Dann hob er seine Schultern und zuckte mit ihnen.

„Ich kann nichts dafür. Sie ..." und dabei zeigte sein Finger auf mich „Haben mich zum Teufel gemacht." Ich wusste, dass er mich nicht persönlich meinte, sondern die Menschen allgemein. Doch – ich muss sagen, mit seinen Worten traf er mich persönlich.

„Oh Herr im Himmel!", dachte ich verzweifelt. Warum kamen denn alle mit ihren Anliegen zu mir? Ich wurde mit Dingen konfrontiert, über die ich mir noch nie Gedanken gemacht hatte.

Verflixt. Händeringend, fieberhaft suchte ich nach etwas, dass ich ihm sagen konnte. Und plötzlich, mit einem Mal, verschwand die Unsicherheit in mir, ich atmete ein paar Mal ruhig durch und ließ es fließen. Meine Worte, die aus mir strömten, wie ein Fluss, der über die Ufer quillt, hallten von den Wänden wider.

„Jeder kontrolliert den Grad seiner Erfüllung selbst", sagte ich zu ihm. Ich hatte das mal irgendwo gelesen und gerade jetzt fiel es mir wieder ein. Was für Menschen zutraf, dass konnte ja für ihn ebenso passen, war meine Hoffnung.

Und ich fuhr fort:

„Wir tragen alles in uns, was zu unserer Heilung, für unseren Seelenweg, wichtig ist. Es ist im Grunde nur sehr wenig, was zu tun ist: auf unser Herz, unsere innere Stimme, unsere Seele und unser Gefühl hören."

Luzifer sah mich interessiert an. Ich hatte seine Aufmerksamkeit.

„Vater sagte einmal zu mir, dass die Gedanken der Menschen sie zu dem machen, was sie sein werden. Damit triffst du den Nagel auf den Kopf – denn jeder kontrolliert den Grad seiner Erfüllung wirklich selbst. Außer ich …" Bei den letzten zwei Worten senkte er den Kopf und starrte auf den Boden.

Wenn es stimmte, was er zu mir sagte, dann haben die Menschen ihn zu dem gemacht, was er war. Er war von seinem Weg abgewichen, seiner Aufgabe und hatte mit einem mal etwas ganz anderes auf dem

Plan. Ob er was dafür konnte oder nicht? Ich hatte wirklich keine Ahnung. In diese Gedankengänge weiter einzutauchen – nein, das wollte ich nicht. Zu kompliziert.

Er sah mich grüblerisch an.

„Man könnte meinen, du hättest schon mal mit Vater gesprochen."

Ich zuckte nervös mit den Schultern und sagte darauf nichts.

„Also, wenn ich dich richtig verstehe, dann existierst du nur, weil die Menschen dich quasi nähren."

Er nickte und ich hörte ein leises Seufzen von der Mauerecke.

„Exakt", erklärte mir da der Teufel, als wenn ich eine Rechenaufgabe richtig gelöst hatte.

Dann wurde er etwas unruhig und blickte in das leere Bild.

„Ich geh jetzt wieder", seine Stimme war freundlicher geworden und er kratzte sich kurz am Kopf, als er noch sagte:

„War irgendwie … gar nicht … so schlecht mit dir zu reden …" Er hüstelte und dann legte er wieder seinen beißenden Befehlston an, als er auf den zusammengekrochenen Schatten an der Mauer zeigte und laut

157

sagte, dass sie sich gefälligst wieder in das Bild begeben sollten.

Da hörte ich eine leise, zaghafte Stimme, die mutig sagte:

„Wir wollen nicht mehr dahin zurück ... zu dir. Wir wollen nicht mehr im Schatten leben, in der Dunkelheit."

Der Teufel riss die Augen auf, sah mich mit einem Blick an, der Bände sprach. Seine Antwort war fast milde.

„Ihr habt in dem Fall keine Wahl", sprach er zum Schatten „Ihr nicht ... ihr habt hier euren Auftrag zu erledigen ... genauso wie ich ...also: zurück ins Bild!"

Das war vor zwei Tagen gewesen. Am nächsten Tag kam der Bürgermeister vorbei, um zu sehen, wie ich zurechtkam.

Ich fragte ihn nach dem Bild mit dem Teufel und warum es nachträglich noch in meinen Auftrag aufgenommen worden war.

Der Bürgermeister zeigte auf die Bankreihe und meinte „Setzen wir uns" und nach ein paar Minuten des Schweigens erklärte er mir:

„Das Bild hängt hier erst seit ca. 80 Jahren. Sie werden nicht oft Bilder mit dem Teufel in

Kirchen finden. Er ist da nicht so gern gesehen ..."

Er hob entschuldigend die Schultern.

„Die kleine Kapelle war seinerzeit baufällig. Und die Gemeinde konnte sich eine Renovierung nicht leisten. Ein Bauer, ein alt Eingesessener gab damals das Geld dafür aus seiner privaten Tasche. Doch er verlangte, dass das Bild in der Kapelle aufgehängt werden sollte. Woher er das Bild hatte, verriet er nicht. Er sagte nur, es müsse hier in der Kapelle hängen.

Wahrscheinlich war er nur froh, dass er es los war. Es hat eine eigenartige Ausstrahlung, finden Sie nicht?"

Dabei sah er mich erwartungsvoll an, doch ich hielt meinen Mund.

„Und seit dieser Zeit kommen nur noch wenige Besucher hier her. Komisch, nicht wahr?

Als er sich verabschiedet hatte, stellte ich mich vor das Bild, das in der Nische hing. Ich sah den Teufel und die Schatten und stand lange Zeit grübelnd davor.

Dann hatte ich eine Idee. Ich habe in meiner ganzen Zeit als Kirchenmaler nie wieder getan, was ich hier tat, nur dieses eine Mal und es hätte mich meinen Job kosten können. Doch es schien mir die einzige Möglichkeit und so setzte ich mich über alle Einwände meinerseits hinweg.

Selbst Isabell erzählte ich erst davon, als alles erledigt war. Sie sah mich an und ein Lächeln huschte über ihr Gesicht. Sie drückte mir einen Kuss auf den Mund und strich über meine Wange.

Und dann, als das Bild fertig war, stand ich zufrieden davor. Denn aus der linken Ecke des Bildes schien ein schmaler, heller Lichtstrahl auf den Boden. Er ging quer durch das Bild und selbst der Teufel schien mir nicht mehr so bedrohlich zu sein und der Schatten mit den verzweifelt aufgerissenen Mündern … auch dort hatte der Lichtstrahl etwas bewirkt.

Ich hatte nämlich gesehen, dass dieses Bild nur düster und schrecklich war in seiner Dunkelheit. Hier fehlte die andere Seite – das Helle und so hatte ich eingefügt, was das Gleichgewicht ein wenig hinein brachte.

Später – viele Monate nach Beendigung des Auftrages in der Kapelle, traf ich den Bürgermeister im Bäckerladen wieder. Und er erzählte mir staunend, dass merkwürdigerweise nun wieder Besucher in die Kapelle kamen.

Ich freute mich darüber und hatte ab da an kein schlechtes Gewissen mehr. Ich wunderte mich nur, denn es hatte mich niemals jemand darauf angesprochen – auf den hellen Lichtstrahl – der plötzlich da war.

Jakobus und Jonathan

Es war ein Sonntag im September und die Sonne war noch nicht aufgegangen. Im Schlafzimmer war es dunkel, als Isabell meine Hand ergriff.

Ich drehte mich sofort zu ihr und sah ihr Gesicht nur schemenhaft in der Dunkelheit.

„Unser Kind kommt", sagte sie nur und ich sprang aus dem Bett, als wenn plötzlich tausend Käfer darin krabbeln würden.

„Ruf die Hebamme an", sagte Isabell mit gedämpfter Stimme und ich rannte hinunter zum Telefon. Unser Kind sollte zuhause geboren werden. Das wollte Isabell unbedingt so haben, obwohl ich Bedenken hatte. Doch sie zerstreute diese und meinte, dass schon alles gut gehen würde.

Es waren anstrengende, bewegende und glückliche Stunden. Nicht nur für Isabell. Ich hielt ihre Hand, wischte den Schweiß von ihrer Stirn und sagte ihr immer wieder, wenn sie nicht mehr konnte, dass es nun nicht mehr lange dauern würde. Sie schrie manchmal und ich hatte Angst. Um sie und das Kind.

Die Hebamme hatte alles im Griff. Mit ihrer Ruhe und Erfahrung gab sie uns die Sicherheit, die wir brauchten.

Es dauerte fast siebzehn Stunden. Und noch heute habe ich allergrößten Respekt vor den Frauen. Ein Kind auf die Welt zu bringen ist Schwerstarbeit.

Dann sah ich in das schrumpelige süße Gesicht meines Sohnes. Jakobus.

Die Hebamme legte in mir in die Arme, nachdem ihn Isabell, eingewickelt in ein Handtuch, gehalten hatte. Er weinte und verzog das Gesicht Er war ganz rot vom Weinen und dem mühsamen Weg, auf die Welt zu kommen und er hatte seine kleinen Hände zu festen Fäusten geballt.

Ich sprach leise mit ihm, sagte ihm, wie schön es ist, dass er bei uns sei, dass er sich immer auf uns verlassen konnte und dass wir ihn von Herzen liebten. Und da wurde er dann still und schlief ein.

Isabell döste vor sich hin. Sie sah sehr erschöpft aus, doch glücklich. Ich setzte mich mit Jakobus zu ihr auf das Bett und sie schlug die Augen auf.

„Er ist wundervoll", flüsterte sie und ich erwiderte „Ja mein Herz – er ist wundervoll, so wie du. Du hast das toll gemacht und ich danke dir."

Sie legte eine Hand auf das Köpfchen ihres Sohnes, lächelte mich an und schlief ein.

Als Jakobus älter war – ich glaube er war etwa fünf Jahre alt - nahm ich in manchmal mit in die Kirchen und Kapellen, wenn ich arbeitete.

Damals war schon unser Zweitgeborener, Jonathan auf der Welt. Er wurde geboren – übrigens kam er auch zuhause auf die Welt – als Jakobus drei Jahre alt war.

Jakobus saß auf einem Stuhl neben mir, wenn ich arbeitete und sah mir still zu. Hin und wieder fragte er mich etwas und ich wusste, dass ich ihm die Faszination der Farben, die ich empfand, vererbt hatte.

Er hatte immer einen Malblock dabei, in dem er eifrig seine Eindrücke verarbeitete.

Manchmal saß er auch ganz vorne in der ersten Bank, vor dem Altar. Links davon stand das Jesuskreuz und ich sah oft, wie er mit jemanden sprach. Dann hörte er zu, nickte oder schüttelte den Kopf oder lachte auch laut.

Wenn er dann zurück kam, sagte ich zu ihm „Na Jakobus … hattet ihr Spaß zusammen?" und er nickte lächelnd. Ich fragte ihn nie, was sie miteinander sprachen, denn er erzählte es mir manchmal von selbst. Ich nickte dann und nahm seine kleinen Hände in meine und versicherte ihm, dass ich genau wüsste, was er da erlebte.

Für Jakobus und auch später Jonathan war diese Art der Kommunikation und Wahrnehmung eine ganz normale Sache.

Wir unterstützten und bekräftigten sie immer dabei und bis heute, wo sie selbst schon erwachsen sind, ist das auch so geblieben. Wir sprachen und sprechen oft über die Dinge, die uns der Himmel so schenkt.

Jakobus hatte meinen dunklen Haarschopf geerbt, er war intelligent und neugierig und mitunter ein wenig wild. Sein Bruder Jonathan sah dagegen mehr aus wie Isabell. Blond, hellhäutig und sanft. Er war der ruhigere der beiden, sah sich seine Welt genau an und überlegte, bevor er etwas tat. Jakobus dagegen war spontan und überlegte oft erst hinterher.

Isabell und ich liebten unsere Söhne von Herzen und von der ersten Sekunde an. Wir versuchten ihnen den Blick auf die Welt wie sie war, zu ermöglichen, waren mit ihnen viel im Wald unterwegs und die Liebe zur Natur, die mussten wir ihnen nicht beibringen.

Ich erzählte ihnen auch oft von ihren Großeltern, die sie ja nie kennen gelernt haben. Von „der lieben Seele" meiner Mutter, ihrer Großmutter und sie hörten aufmerksam zu.

Selbsterdachte Geschichten liebten sie am allermeisten. Isabell und ich mussten uns immer wieder neue ausdenken und manche mussten wir auch immer wieder erzählen.

Die Geschichte von Angelus, dem Schutzengel und dem langen Weg hörten sie von mir am liebsten. Im Laufe ihres Lebens habe ich sie ihnen wohl tausend Mal erzählt ...

Als sie los gingen, war es schon spät am Nachmittag. Er und sie machten sich auf die lange Reise. Bevor die Dämmerung in die Nacht überging, wollten sie oben sein und den Sonnenaufgang am nächsten Morgen gemeinsam erleben und wer weiß, was sie noch finden würden – am Ende ihres Weges? Was ihnen auf ihrer Wanderung hinauf alles begegnen würde. Was es alles zu entdecken gab.

Der Berg war hoch und der oberste Gipfel kratzte, wie es schien, am Himmel. Hatte dort ein kleines Loch hinterlassen und da schien ein wenig die Sonne hindurch.

Ein gebündelter Strahl, der auf die Erde traf und eine Stelle markierte. Lag da vielleicht ein wunderbarer Schatz verborgen?

An dichtem Buschwerk, an hohen Bäumen und duftenden Blumen vorbei führte der manchmal recht schmale Pfad nach oben.

Doch das Ziel war noch weit weg.
Jetzt. Am Anfang von allem.

Angelus schritt mühelos neben ihr her, kein Schweißtropfen zeigte sich auf seiner Stirn. Er hatte etwas Leichtes an sich, fast schwerelos.

Immer wieder zeigte er ihr, während sie sich unterhielten, eine besonders schöne Blume am Wegesrand oder einen Vogel, der im dichten Gewirr der Bäume fast unsichtbar war.

Sie dachte gerade daran, dass sie ihn schon ihr ganzes Leben lang kannte. Er war immer an ihrer Seite, ganz egal, wo sie war und was sie machte.

Er machte ihr Mut, brachte sie zum Lachen, tröstete sie in schweren Zeiten und gab ihr seine Liebe. Grenzenlos und ohne Bedingungen.

Er sah für sie nicht immer gleich aus. Seine äußere Gestalt änderte sich. Was jedoch immer gleich blieb, war sein wunderschönes, liebes Gesicht mit den leuchtenden Augen.

Sein Haar war braun mit einem rötlichen Stich und es war lang und dicht, fiel auf seine Schultern herab. Heute hatte er es am Hinterkopf zu einem Zopf zusammen gebunden.

Sie sah ihn gern an. Er hatte etwas Strahlendes. Besonders mochte sie es, wenn er seine Flügel aufklappte und sie sachte auf und ab bewegte, so dass ein sanfter, leichter Lufthauch entstand. Und sie liebte ihn. Sehr.

Und wie sie da so den Berg hinauf liefen, da fragte sie ihn:

„Sag mal, hast du es eigentlich aussuchen dürfen, dass ausgerechnet du es bist, der immer bei mir ist?"

Angelus Augen blieben weiter auf den Weg geheftet, als er ihr antwortete:

„Oh nein. Das macht immer Papa. Du weißt ja, dass Papa den Menschen die Seele geschenkt hat. Um immer mit ihnen verbunden zu sein und damit alle Menschen seine Liebe spüren können. In einer jeden Seele ist der Lebensplan gespeichert und sie weiß auch, was der Mensch braucht, was ihm gut tut, was ihn glücklich macht. Jeder kann mit seiner Seele sprechen. Die Menschen versuchen das nur meistens nicht, weil sie gar nicht wissen, wie lebendig ihre Seele ist.

Und meine Welt, die immer da ist und in der es sehr viele wunderschöne Energien, Wesen und Engel gibt, davon wissen sie oft noch weniger.

Wir freuen uns, wenn ihr uns wahr nehmt. Mit uns sprecht und uns um Hilfe bittet."

Angelus blieb einen Moment stehen und sah ins Tal hinunter. Sie hatten schon ein bisschen an Höhe gewonnen, so dass die Häuser und Bäume kleiner aussahen.

Ihr Blick wanderte ebenfalls ins Tal hinab und sie sagte, ohne sich abzuwenden zu ihm:

„Angelus, hast du auch eine Seele?"

Und er sprach leise, wie zu einem Kind, das er nicht erschrecken wollte:

„Nein. Kein Engel hat eine Seele. Denn wir sind ja direkt mit Papa verbunden."

Sie nickte und dann liefen sie beide auf dem Waldweg weiter.

Dicke Hummeln brummelten an ihnen vorbei und eine große Libelle kreuzte fast lautlos ihren Weg.

Vom Ast einer hohen Tanne hörten sie ein Eichhörnchen, das mit einem großen „Flups" auf einen der anderen Äste   sprang. Es fiepte dabei, als ob es Angst hätte, dass sein Sprung nicht weit genug sein könnte.

Sie gingen schweigend weiter, als plötzlich vor ihnen auf dem Weg ein Reh stand. Es blickte sie mit seinen sanften, braunen Augen an.

Angelus streckte eine Hand nach dem Reh aus und ein tiefes Summen kam aus seiner Kehle.

Das Reh kam langsam auf sie zu und man konnte sehen, dass es ein Bein nicht belastete. Es hatte offensichtlich große Schmerzen.

Der Engel breitete seine Flügel aus und ein heller, pulsierender Lichtschein ging von ihnen aus, hüllte das näher kommende Reh darin ein.

Sie stand da mit offenem Mund und großen Augen und ihr wurde ganz warm ums Herz.

Das Reh stand vor Angelus und er beugte sich zu dem verletzten Bein hinab und legte seinen rechten Zeigefinger darauf.

Man hörte ein leichtes Flirren und Surren und … es war kaum wahrnehmbar, wie etwas, das in der Luft lag, spürbar, doch nicht zu benennen. Die Luft schien zu vibrieren und dann … War es vorbei. Das Reh schüttelte seinen Kopf, drehte sich herum und sprang davon.

Sie setzte sich auf einen Stein und drückte ihre Hand auf ihr wild pochendes Herz.

Angelus nahm ihre Hand, lächelte sie an und sie spazierten weiter, ohne ein Wort zu sagen.

Am Wegesrand stand eine alte, verwitterte Holzhütte. Das Dach hatte schon einige Löcher und vor der Hütte stand eine windschiefe Holzbank, die ein wenig frische Farbe vertragen hätte.

Sie setzten sich und lehnten ihre Köpfe entspannt an das verwitterte Hüttchen.

Ihrer beider Augen waren geschlossen und ihre Stimme klang belegt und leise:

„Danke. Das ich daran teilhaben durfte. Ich finde es immer wieder berauschend und magisch, wenn du diese „Dinge" tust. Es macht mich sehr glücklich. Danke Angelus.

Und wenn wir Menschen nach seinem Ebenbild geschaffen sind, dann frage ich mich, was seid ihr? Ich finde euch Engel so wunderbar, ihr soid die Liebe selbst, ihr habt ein Wunder nach dem anderen in euch …"

Fragend blickte sie ihn an.

Angelus Augen hatten einen weichen Schimmer, als er ihr antwortete:

„Ich weiß meine Liebe. Aber wir sind die Diener. Nein nein. Das ist wunderbar so. Nicht falsch verstehen. Wir sind glücklich, so

171

wie es ist. Papas Willen zu tun und euch Menschen ein Licht in der Dunkelheit zu sein. Euch beizustehen. Zu helfen. Wann immer ihr unseren Beistand und unsere Unterstützung braucht. Das funktioniert aber nur, wenn ihr glaubt.

Papas Wunsch ist es, dass ihr glücklich seid. Das es euch gut geht. Das ihr das tut, was eurem Herzen entspringt."

Nachdenklich öffnete sie die Augen und sah die Sonne am Horizont. Sie hatten noch reichlich Zeit, bis es dunkel sein würde.

„Wie glücklich? Ist das alles?"

Ihr stand die Ratlosigkeit ins Gesicht geschrieben.

„Nun", Angelus legte seine Hände zusammengefaltet in seinen Schoß. „Nun" sagte er wieder „es ist ganz einfach.

Stell dir vor, du bist hungrig. Sehr hungrig. Und du stehst vor einem Büffet, dass keine Wüsche offen lässt.

Doch etwas sagt in dir, du darfst dir nur zwei der köstlichen Speisen aussuchen. Und natürlich bist du danach auch nicht satt. Sondern du bist ärgerlich und wütend, dass du all das andere nicht bekommst."

„Aber wer sagt denn, dass ich nur zwei Speisen aussuchen darf?"

Sie blinzelte in die Sonne, die gerade hinter einer großen Tanne verschwand.

„Tja, das ist eben der springende Punkt oder das hüpfende Komma", meinte Angelus und zwinkerte fröhlich dabei.

„Ihr Menschen meint, ihr habt keinen Anspruch auf Glück und Zufriedenheit. Auf Liebe und Gesundheit. Auf Wohlstand.

Doch ich sage dir: Papa will all das für euch. Ihr seid geboren um zu lernen und um glücklich zu sein, zu lieben und geliebt zu werden.

Ihr selbst macht euch dieses Recht zunichte. Ihr sperrt euch hinter Zwängen ein, krank zu sein ist für euch normal, euer Herz zu verschließen ebenfalls. Ihr denkt glücklich sein, das steht euch nicht zu.

Und so steht ihr vor dem Büffet des Lebens und verhungert am gedeckten und vollbeladenem Tisch."

Sie standen auf und gingen weiter.

„Das verstehe ich." Ihr Kopf nickte heftig.

„Sag Angelus …" Sie sah ihn kurz von der Seite an und konzentrierte sich dann wieder auf den Weg, als sie weiter sprach:

„Warum kann euch manch einer sehen, spüren und hören und manch einer eben nicht?"

Angelus sah in die Wolken hinauf und meinte dann, ohne den Blick wieder auf den Weg zu senken:

„Stell dir vor, du hast einmal Geige spielen gelernt. Und dann spielst du nicht mehr, du übst nicht und du beschäftigst dich nicht mehr mit Musikstücken, du vergisst, dass du gelernt hast, Noten zu lesen, du vergisst, dass du die Musik, deine Geige geliebt hast und irgendwann denkst du, dass du es sowieso nicht gebraucht hast, Geige zu spielen."

Sie sah in an, als er seinen Fuß über eine Wurzel anhob und dann einem großem Stein auf dem Weg auswich – und alles, ohne dass er seinen Blick, der in den Wolken hing, abzuwenden. Sie schüttelte den Kopf und lächelte.

„Ach du", sagte sie „Du kannst das alles immer so wunderbar erklären."

„Ich kenne ein Mädchen", erzählte sie ihm nachdenklich „Die sagt immer „ja aber!" Sie hat tausend Ausreden, warum sie etwas nicht machen kann. Oder genauso viele Gründe, wenn sie etwas macht. Doch es hört sich nicht nach „ihr" an. Du weißt, was ich meine … Wieso ist das so?"

Er sah sie mit einem schelmischen Grinsen an und zog seine Nase kraus, als er sagte:

„Eigentlich kann ich dazu nichts sagen. Aber da ich ja weiß, dass du es für dich behältst!" Und dabei blitzen seine Augen fröhlich „So werde ich dir also etwas darüber erzählen."

Und seine Schritte wurden ein wenig langsamer.

„Die Menschen sind wie sie sind. Das ist weder schlecht noch gut. Weder gut noch böse. Da gibt es keine Wertung.

Sie lernen sehr früh, was sie tun sollen und was nicht. Und da ein jeder geliebt und anerkannt werden will, funktionieren sie, wie andere es wollen.

Der eigene Willen, das eigene Empfinden, die Belange des Herzens, so individuell, wie es jeder Mensch fühlt, das versickert im Nirwana, irgendwohin, wo es den Menschen schwer fällt, es wieder auszugraben.

Und so werden sie zu Marionetten, verleugnen ihre Herzenswünsche und empfinden es als völlig normal, zu funktionieren, wie andere es wollen.

Es hat keiner Schuld daran. Denn wir lernen, was unsere Eltern gelernt haben und wir lernen, was andere uns weiter geben, was sie wiederum gelernt haben.

Doch dieser Zustand macht unfrei und unglücklich. Und krank.

Denn tief in ihren Herzen und in ihren Seelen wissen die Menschen, dass etwas nicht stimmt, nicht passt. Sie fühlen, dass es da was anderes in ihnen gibt. Sie trauen sich nur irgendwann nicht mehr, dies zuzulassen. Sie haben das Vertrauen in sich selbst, in ihre Kreativität, in ihren eigenen Weg verloren.

Ein Mensch ist erst dann „erwachsen", wenn er mit sich allein glücklich und zufrieden sein kann. Wenn er ganz und gar Schöpfer seines Lebens ist und sein Leben so lebt, wie es ihm sein Herz und seine Seele befielt.

Doch für einen Menschen ist das nicht leicht. Zu verstehen und sich zu verändern. Menschen brauchen andere Menschen. Um Liebe zu geben und zu nehmen. Für viele zwischenmenschliche Dinge eben. Alles wunderbar und in Ordnung so. Aber kein Mensch sollte einem anderen so viel Macht über sich geben, dass er sich selbst verliert.

Und wenn die Menschen sagen „… ja aber, ich kann das nicht tun, weil meine Mutter, mein Mann, mein Kind, mein Lehrer, mein Chef, der Postbote, und…und…und", dann haben sie Angst, nicht so zu funktionieren, wie es von ihnen erwartet wird.

Veränderungen können nur bei jedem Menschen selbst beginnen. Ändert sich der Mensch, weil er erkennt und mutig seinen Weg geht, dann wird sich auch seine Umwelt, seine Mitmenschen, ändern.

Schuld ist nicht der andere, sondern „ich", weil ich es zulasse.

Und dabei ist es das Abenteuer des Lebens, zu entdecken, was ICH möchte, was mir Spaß macht, wobei ich glücklich bin. Auch dann, wenn tausend andere etwas anderes meinen."

„Jaja", laut kamen die Worte aus ihr.

„Klar, du hast sicherlich recht. Doch … wie weiß man, was man will und wo man fremdgesteuert ist? Wie kann ich heraus finden, was mein Weg ist?"

Angelus stieß einen lauten und hochtönenden Pfiff aus. Er nahm dazu zwei Finger, die er gekonnt in den Mund legte.

Sie war sprachlos. Wie so oft. Er war immer wieder für eine Überraschung gut.

Sie sah ihn liebevoll an und war unendlich dankbar, dass er an ihrer Seite war.

Am Himmel kreiste ein Adler und er erwiderte den Ruf von Angelus. Er schraubte sich in die Höhe und man konnte förmlich seine Freude über sein Tun spüren.

Er tat das, was ihm sein Herz, seine Intuition sagte. Fliegen, in den Himmel. Die Freiheit fühlen. Eins sein mit dem Universum.

„Das wird einige Zeit dauern. Das heraus zu finden. Wichtig ist, dass man sich Zeit nimmt für sich. Ruhige und stille Momente sucht, in denen man in sein Herz und seine Seele hört.

Draußen in der Natur, im Wald, an einem Fluss, in den Bergen. Im Bett, vor dem Schlafen. In einem schönen Raum mit Musik, die entspannt. Oder wo auch immer. Das wird anfangs noch schwierig sein, doch mit etwas Übung wird es besser und leichter.

Und man muss absolut ehrlich zu sich selbst sein. Das ist wichtig.

Auch wir Engel und alle anderen geistigen Helfer sind gerne bereit, zu unterstützen, euch beizustehen. Man muss uns nur darum bitten.

Und es gibt ja auch immer wieder Menschen, denen man so „zufällig" begegnet, die einem auf die eine oder andere Art behilflich sind.

Und dann … wird jeder spüren können, tief innen drin, was sich gut anfühlt und stimmig ist. Tja – so einfach ist das eigentlich. Und die „ja aber" werden umgeformt in ein „ja" und „nein". Und die Seele bekommt Flügel und das Herz jauchzt und singt."

„Oh Angelus", sie sah in an und ihre Augen schimmerten feucht.

Sie hielt an, drehte sich zu ihm und legte ihre Arme um seine Mitte. Ihre Füße stellte sie dabei auf seine Füße und so schmiegte sie sich an ihn und drückte ihn fest.

Er lachte und hielt sie mit seinen Armen sicher umfangen und plötzlich hoben sie ein wenig vom Boden ab. Ganz sachte bewegte er seine Flügel dabei.

Und sie lachte aus vollem Herzen, denn sie liebte es, wenn er das tat.

Zu spüren, dass sie sich in die Höhe bewegten, schwerelos und mühelos. Manchmal drehte sich Angelus dabei mehrmals um die eigene Achse und sie schloss die Augen und jauchzte vor Vergnügen.

Als sie schon weiter oben am Berg waren, rollte sich die Sonne gerade hinter einen großen Bergkamm. Man sah ihr Leuchten noch, die Quelle jedoch blieb verborgen.

„Bald sind wir oben", sagte sie. „Es war herrlich, mit dir hoch zu laufen. Ich freue mich schon auf die Nacht. Darf ich auf deinem Schoss sitzen und dort schlafen. Und legst du bitte deine Flügel um mich?"

Angelus blieb stehen und musterte sie zärtlich.

„Aber ja doch. Und morgen früh werden wir den jungen Tag begrüßen, die ersten Sonnenstrahlen willkommen heißen und das wunderbare Geschenk genießen, dabei zu sein, wenn ein neuer Tag geboren wird.

Jeder Tag ist ein Anfang. Für etwas Neues. Jeder Tag bringt neue Abenteuer, neue Begegnungen und Erkenntnisse. Und jede Nacht ist ein Löschblatt für Sorgen und Nöte. Über Nacht verlieren viele Dinge ihren Schrecken und werden dann zu Aufgaben, die man lösen kann.

Die Nacht regeneriert und der Tag fordert die Energie zurück. Etwas bewegen, Spuren hinterlassen. Etwas tun, was vielleicht noch keiner vorher getan hat. Sein innerstes Licht leuchten lassen. Ein ewiger, wunderbarer Kreislauf."

Als sie am Berg oben ankamen, auf der kleinen Lichtung, hob er sie auf seinen Schoss und seine Flügel umschlossen mühelos ihre Gestalt.

Als Jakobus und Jonathan klein waren, war es nur eine kleine Geschichte von einem Schutzengel und seinem Schützling. Doch im Laufe der Jahre habe ich die Geschichte immer „erweitert". Sie fragten ständig „Und was noch?" oder „Wie ging es weiter?" und auch „Was heißt das?" und natürlich hunderte „Warums?" Und so fügte ich der Geschichte kleine Weisheiten und Erklärungen hinzu und die beiden hingen an meinen Lippen.

Sehr gut musste ich mir merken, was ich ihnen mit der Zeit erzählte, denn sie wollten die Geschichte vom Schutzengel immer wieder erzählt haben. Und wehe, ich ließ etwas aus.

Ich weiß, dass sie in der Kirche, wenn sie dort ihre „Gespräche" führten, von dieser Geschichte erzählt haben. Jesus hat es mir einmal schmunzelnd bei einer unserer Plaudereien berichtet.

Jesus hat ihnen ebenfalls viel erklärt, Dinge, die sie in der Geschichte nicht verstanden hatten oder nur ein bisschen. Isabell und ich fanden das wunderbar.

Einmal fragte Jakobus ihn, ob denn ein Schutzengel auch duschen und essen muss. Ob es Schokolade gibt im Himmel und ob er schläft – in einem Himmelbett.

Damals sah ich Jesus lächelnd an und fragte ihn, was er geantwortet hat. Und Jesus lächelte zurück und erklärte völlig ernsthaft, dass dies das Geheimnis meiner Jungs und seins wäre. Ich nickte und verstand.

Jakobus nahm seinen Bruder, als der alt genug war, mit in die Kirche und sie standen oft gemeinsam, Hand in Hand, vor dem Kreuz.

Wenn ich ihnen dabei zusah, den Pinsel noch immer in der Hand hielt, erfüllte mich eine große Dankbarkeit. Und ich war glücklich, einfach nur glücklich.

Noah und seine Arche

Wir führten ein harmonisches Familienleben. Isabell blieb bei den Kindern zuhause und ich malte in den Kirchen. Manchmal musste ich unter der Woche in einer Pension oder einem günstigen Hotel übernachten, wenn der Auftrag zu weit weg war. Ich kam dann nur an den Wochenenden heim.

Als ich das Bild von Noah zum ersten Mal sah, die vielen Tiere, das große, hölzerne Schiff und ihn selbst, da spürte ich das Bedürfnis in mir, dass ich ihn selbst gern kennen gelernt hätte. Noah. Was hatte er da nur auf die Beine gestellt? Wenn ich mir die Logistik vorstellte, die dahinter stecken musste ... hielt ich die Luft an.

Ich hatte in dieser Kirche nur dieses eine Bild zu bearbeiten. Dafür hatte ich acht Wochen veranschlagt. Ich vermisste meine Familie, meine Kinder und Isabell.

Das Bild war gesäubert und ich schraubte die Farbtuben auf ... es roch wundervoll nach Farbe und beim Mischen ließ ich mir immer besonders viel Zeit.

Wenn sich die Farben mischten, ihre ganz individuellen, einzigartigen Muster dabei erzeugten, sich dann vereinten zu einer einheitlichen, neuen Farbe ... der Zeitraum bis dahin ist für mich jedes Mal spannend und immer wieder anders.

Ich stand ganz nah an der Wand, um die angemischte Farbe aufzutragen und zu sehen, ob der Farbton richtig war. Manchmal dauerte die Anpassung lange und ich war erst zufrieden, wenn es wirklich perfekt war.

Als ich den Pinsel an die Wand strich, versank er darin. Schnell zog ich ihn wieder heraus und versuchte es erneut.

Ich probierte es solange, bis meine Hand mit darin verschwand, dann mein ganzer Arm und auch der Oberkörper.

Verblüfft stand ich vor der Wand, starrte den Pinsel an und dann abwechselnd die Wand. Immer hin und her.

Dann legte ich den Pinsel zur Seite, wischte meine Finger ab und holte tief Luft und hielt mein ausgestrecktes Bein gegen die Wand. Sofort verschwand mein Bein in der Wand. An diesem Tag war ich mutig und so folgte ich meinem Bein hinterher.

So stand ich dann vor der riesigen Arche. Sie versank im Dunkel der Abenddämmerung, das Holz schimmerte im Dämmergrau der heraufziehenden Nacht und ich sah mich um. Am Horizont verabschiedete sich die Sonne, schickte das letzte bisschen Licht in den endenden Tag.

Ich hörte die Laute der verschiedenen Tiere. Vögel, Gebrüll, wiehern, zischen und wer weiß, von was sonst noch. Die Arche stand auf einer Anhöhe, umgeben von Wald.

Ich hätte mehr als erstaunt sein müssen, hier zu stehen, doch ich hatte mit den Bildern in den Kirchen schon einiges erlebt. So stand ich da, sah von links nach rechts und wieder zurück und überlegte mir, wie ich wohl wieder zurück kehren könnte.

Es beunruhigte mich nicht, diesen Weg noch nicht zu kennen. Mein Vertrauen in dieser Hinsicht war grenzenlos.

Die Luft war warm, fast schon heiß, obwohl der Tag sich gerade verabschiedete.

Was waren wohl alles für Tiere auf der Arche, die heute schon ausgestorben sind? In welchen Jahr, Jahrzehnt oder Jahrhundert stand ich? Gab es da schon eine Zeitrechnung? Aber halt – als ich einmal mit einem Pastor sprach, erzählte dieser, dass laut Überlieferung die Arche vor etwa 4.500 Jahren auf dem Berg Ararat aufgesetzt hat.

Ich wusste, dass Noah sehr alt war. Nach heutigem Ermessen schier unmöglich. Er muss so um die 500 Jahre alt gewesen sein, als er den Auftrag zum Bau der Arche bekam. Dann wurden seine Söhne geboren, sie wurden erwachsen und heirateten. Erst danach wurde die Arche fertig, denn seine Söhne und Schwiegertöchter waren mit auf der Arche, also acht Menschen. Noah ging auf die Arche, als er 600 Jahre alt war und mit ihm alle Lebewesen, die zur Arche kamen. Dann setzte die Sintflut ein, die 40 Tage und Nächte dauerte. Nach gut einem Jahr auf See blieb die Arche auf dem Berg Ararat liegen.

Plötzlich klopfte mir jemand auf die Schulter. Schnell drehte ich mich um und sah Noah. Ich kannte ihn ja schon vom Bild. Er lächelte mich an, griff in seinen dunklen Bart und zog daran.

„Soso", er klang etwas verwirrt, aber nicht überrascht.

„Ich kenne dich. Du bist der Farbenmann. Doch – was machst du hier?"

„Ehrlich gesagt, weiß ich das auch nicht. Mit einem Mal plumpste ich durch die Wand und stand hier."

Ratlos blickte ich mich um.

„Na wenn du schon mal hier bist, dann komm. Ich zeig dir alles. Meine Frau und unsere Söhne und deren Frauen werde ich dir auch noch vorstellen. Sie sind drinnen und schauen nach den Tieren."

Er holte tief Luft und schüttelte den Kopf.

„Jeden Tag kommen unzählige von ihnen an. Wir müssen einen passenden Platz für sie finden, was gar nicht so einfach ist. Wir wissen ja nicht, wie lange unsere Reise dauern wird. Dann gibt's auch manchmal Streit unter ihnen. Ich sage dir – eine große Aufgabe, die ich da bekommen habe."

Ja, da hatte er wirklich recht. Schon allein der Bau des Schiffes war der Wahnsinn.

Wir gingen auf die riesige Arche zu. Sie war gigantisch und sprengte meine Vorstellungskraft.

„Wie konntest du das alles schaffen? Der Bau der Arche, die vielen Tiere?"

Ratlos und mit einer großen Ehrfurcht erfüllt, schaute ich ihn an.

Während wir weiter gingen, erklärte er mir, dass er das ehrlich gesagt auch nicht wüsste. Aber was hätte er tun sollen? Nein sagen? Das ging nicht. Obwohl – er legte seinen Kopf dabei auf eine Seite – am Anfang hatte er sich schon geweigert, tausend Gründe gefunden, die dagegen sprachen. Er hatte verhandelt und wurde auch laut dabei. Doch am Ende …

„Mit Vater kann man nicht streiten. Und ehrlich – er hat auch immer die besseren Argumente. Irgendwann stand ich also mit dem Rücken zur Wand und da hatte er mich dann. So bauten wir das Schiff. Es dauerte viele Jahre, bis es fertig war.

Und dann fragte ich Vater, wie denn die Tiere wissen sollten, wohin sie gehen müssen. Und wie sie überhaupt wissen, dass sie kommen sollen.

Ich hatte mächtig viele Fragen, bekam nur selten eine Antwort und wie du siehst, funktionierte alles prächtig."

Auf dem Weg zum Schiff stieg ich über Schildkröten, duckte mich, als Papageien über mich hinweg flogen und blieb stehen und machte Platz, als zwei Elefanten und Nashörner auf die Arche zustrebten. Ich hörte von irgendwoher das Muhen von Kühen und das Meckern von Ziegen.

Noah ging vor mir, der Weg war sehr schmutzig und schlammig.

Der Arche-Erbauer war sehr groß, er überragte mich um einiges. Ich schätzte ihn auf sicherlich einsfünfundneunzig. Er hatte große Hände, die zupacken konnten und Arme wie Baumstämme.

Als wir dann endlich in der Arche standen, herrschte dort ein infernales Chaos. Alles wuselte durcheinander. Noah schien unbeeindruckt davon.

„Wie soll hier jeder irgendwann und irgendwo seinen Platz finden?", dachte ich mir und machte einen Satz zur Seite, als zwei wunderschöne Wölfe an mir vorbei schritten, gefolgt von Rehen, Hasen, zwei Dachsen und Igel und und und... mir platzte der Schädel.

„Ach, weißt du", Noah sah mich entspannt an und in seiner Stimme lag großes Vertrauen, als er weiter sprach „Irgendwann lichtet sich auch das größte Chaos." Ich nickte automatisch.

„Sieh mal – ich habe die Arche gebaut. Das hätte ich auch nicht für möglich gehalten. Und all die Tiere ...? Sie finden ihren Platz. Das ist eine Sache des Vertrauens. Vater macht das schon. "

Nun, das war wirklich – unter den gegebenen Umständen – eine wahrlich weise Ansicht.

Vielleicht sollte ich auch mehr Vertrauen haben? In mich. Und das Universum, das allumfassende Sein. Die Liebe. Das Gute.

In diesem Moment klopfte Noah mir wieder auf die Schulter und diesmal nickte er.

Noah brachte mich in eine Art Gastraum, so wie in einer kleinen Gaststätte. Es standen dort grobe Holztische, Bänke und Stühle.

Für vielleicht zwei Handvoll Menschen, die dort ihr Essen zu sich nahmen.

Im Schiff war es dunkel. Nur vereinzelt brannten Öllampen oder Kerzen. Auch in dieser Art Speiseraum. Noah deutete auf eine Ecke hin und sagte „Setz dich, bin gleich wieder da" und er verschwand in die entgegengesetzte Richtung. Die Dunkelheit verschluckte ihn einfach irgendwann.

So setzte ich mich und wartete. Ich lehnte mich an die Holzwand an und schloss die Augen. Dunkel war es sowieso schon. Es brannten ein paar Kerzen auf den Tischen, die aber nur ein klein wenig Helligkeit verströmten.

All die Tiere hier … und die Menschen, die mit auf der Arche waren, auf engstem Raum. Wie wurden sie versorgt? Ich nahm den Geruch der vielen Lebewesen hier wahr. Für meine Nase sehr streng, aber ich denke, auf der Länge der Fahrt hatte man gewiss Zeit gefunden, sich daran zu gewöhnen.

Meine Hände lagen gefaltet vor meinem Bauch und so döste ich vor mich hin, bis ich eingeschlafen war.

Als ich wieder erwachte, lehnte ich an der Mauer der Kapelle, direkt neben dem Bild von Noah. Als ich aufstand merkte ich, wie steif mein Körper war, so als hätte ich lange Zeit in dieser einen Position verbracht.

Das Bild sah aus wie immer. Ich stand davor und streckte vorsichtig eine Hand aus. Die Mauer war fest und kühl.

Mir war klar, dass ich nicht geträumt hatte. Nein, sicher nicht. Aber dieses Abenteuer schien vorüber zu sein. Ich wusste nicht, wie ich in die Kapelle zurück gekehrt war.

Als ich die Uhr der Kapelle läuten hörte, war es bereits fünf Uhr am Nachmittag. Der ganze Tag war mit einem gefühlten Wimpernschlag dahin gegangen.

Aber ich hatte mit Noah gesprochen und Dinge gesehen, die ich mir kaum vorstellen konnte. Nur hatte ich seine Familie nicht mehr kennen gelernt. Schade.

Als ich in meine Hosentasche fasste, umschloss meine Hand ein kleines, dunkles Stück Holz.

Ruhe und Frieden

Nach dem Auftrag in der Kapelle, hatte ich drei Woche Urlaub. Das Bild von Noah wurde früher fertig. Ich arbeite mit Hingabe und mir ging die Arbeit gut von der Hand. So tat ich bereits nach fünf Wochen den letzten Pinselstrich und ich war sehr zufrieden mit meiner Arbeit.

Das Bild hatte etwas düsteres, doch selbst hier erstrahlten die Farben neu und ich fand es tatsächlich etwas heller dadurch.

Isabell und die Kinder freuten sich. Wir verbrachten wunderschöne Wochen zusammen.

So gingen die Jahre dahin. Isabell und ich heirateten, gleich nachdem ihre Scheidung durch war. Die Jungs machten die Schule fertig und studierten beide. In dieser Zeit wohnten sie auch noch bei Isabell und mir zuhause.

Ich hatte viele Aufträge und war sehr froh und dankbar, dass mein Name in den hiesigen Kreisen bekannt geworden war.

Oftmals war ich in Österreich, der Schweiz und Italien mit einem Auftrag unterwegs. Es kamen auch interessante Aufträge aus Schweden und Polen.

Und falls sich jetzt jemand fragen sollte, ob die Heiligen im Ausland auch deutsch sprechen … ja, das tun sie. Sie werden in der Sprache sprechen, in der wir sie verstehen.

Wir wohnten immer noch in unserem kleinen Häuschen am Stadtrand. Die Jungs brachten oft Freunde mit und es gab Partys und Sommerfeste oder gemütliche Spieleabende in der Winterszeit.

An Weihnachten schmückten wir alle zusammen eine Tanne in unserem Wohnzimmer und jeder packte heimlich die Geschenke ein, die dann unter dem Baum lagen.

Jeder musste eine Geschichte erzählen oder ein Gedicht vortragen, auch ein Lied singen war okay und bekam erst dann ein Geschenk. Das machten wir solange, bis alle Geschenke verteilt waren. Wir hatten immens viel Spaß dabei, lachten viel und die Zeit ging vorbei wie im Fluge.

Auch als die Kinder schon groß waren, blieben wir bei dieser Art der Geschenkübergabe. Es war eine liebe Tradition, ein Ritual bei uns geworden, dass keiner missen wollte.

Oft saß ich mit Isabell auf der verwitterten Bank vor unserem Häuschen. Wir sprachen über den Tag, unsere Erlebnisse und hielten uns an den Händen und waren einfach nur glücklich, über das Jetzt und hier.

Wir hörten dem Gesang der Vögel in den Bäumen zu, genossen die wunderbare laue Luft an den Sommerabenden und schauten in den blauen Himmel mit den weißen, duftigen Wolken und warteten, bis der Horizont die untergehende Sonne verschluckt hatte.

Unsere beiden Söhne studierten die Woche über in München und kamen immer an den Wochenenden nach Hause.

Beide hatten eine Freundin, hübsche Mädchen mit Verstand und Bodenhaftung. An den Wochenenden kamen sie auch manchmal mit dazu und wir verbrachten eine wunderschöne Zeit zusammen.

Wie gut, dass wir diese Zeit hatten.

Abschied

Es war ein Samstagmorgen. Ich werde ihn nie vergessen, solange ich lebe.

Isabell war mit dem Fahrrad gleich nach dem Aufstehen zur Bäckerei gefahren, um frische Backwaren für ein wunderbares Frühstück zu holen.

Jakobus und Jonathan lagen noch im Bett und schliefen. Sie genossen das Ausschlafen in ihren Semesterferien. Es war ja auch erst halbacht.

Ich bereitete schon den Frühstückstisch vor, stellte alles bereit, was wir brauchten, faltete Papierservietten und legte sie neben jeden Teller. Von der Butter über Marmelade, etwas Käse und Wurst, gekochte Eier und frische Tomaten und geschnittener roter Paprika aus unserem Garten, war alles da. Den Kaffee hatte ich noch nicht gemacht – der sollte frisch sein. Ich stellte die Milch auf den Tisch und für die Jungs noch das Müsli dazu.

Schnell schnitt ich noch eine Rose aus dem Garten ab und stellte sie in eine Vase auf unseren Frühstückstisch.

Um zehn Uhr war Isabell noch nicht zurück und ich dachte mir, vielleicht hat sie Nina getroffen und die beiden hatten sich verratscht.

Um elf Uhr klingelte es an der Haustür und ich ging, um zu öffnen.

Vor mir stand ein junger Polizist mit ernstem Gesicht.

Er sagte mir – und es fiel ihm sehr schwer, die rechten Worte zu finden – dass Isabell einen Unfall hatte. Ein Autofahrer hatte sie übersehen.

Mir wurde schlecht und ich musste mich setzen. Das ganze Grauen, das ich damals bei meinen Eltern empfunden hatte, schien mich erneut zu überwältigen.

Trotz alledem war ich auch merkwürdigerweise sehr ruhig. Heute weiß ich, dass es der Schock war.

Ich rief die Jungs, die leichenblass wurden und wir setzten uns ins Auto und fuhren ins Krankenhaus.

Isabell lag auf der Intensivstation, angeschlossen an Monitore und Infusionen und Geräte, die ihre Organfunktionen überwachten.

Sie sah zerbrechlich aus in dem weißen, großen Bett. Die Ärzte machten uns keine Hoffnung. Isabell hatte sich bei dem Unfall schwere innere Verletzungen zugezogen, die bei der Notoperation ersichtlich wurden.

Keiner konnte ihr mehr helfen. Es war eine Sache von Stunden, vielleicht auch ein paar Tagen.

So setzte ich mich an ihr Bett und hielt ihre Hand. Jakobus und sein Bruder gingen am Abend. Ich sagte es ist in Ordnung. Sie verabschiedeten sich von ihrer Mutter, die zu der Zeit ohne Bewusstsein war. Tränen liefen über ihre Gesichter, sie konnten vor Kummer nicht sprechen und mir brach das Herz.

Dann war ich allein mit ihr. Ich streichelte ihr Gesicht, flüsterte liebevolle Worte in ihr Ohr, wie sehr ich sie liebte und dass sie mich doch nicht allein lassen konnte. Ich weinte und mein gebrochenes Herz schrumpfte zusammen.

Sie hatte Schürfwunden und blaue Flecke im Gesicht, auch an den Armen. Meine arme Isabell. Wie konnte das nur geschehen?

Ich war so verzweifelt, da es keine Hoffnung mehr für sie gab.

Die ganze Nacht saß ich bei ihr und erzählte ihr von meinen Aufträgen, von den Gesprächen mit den Wandfiguren und was ich alles erlebt hatte in den Kirchen. Isabell kannte alle Geschichten, ich erzählte ihr immer gleich sofort davon, wenn ich abends oder an den Wochenenden heim kam, sie hatte meine Erlebnisse immer gern gehört und manche musste ich mehrmals erzählen.

Von unseren Jungs berichtete ich ihr, als sie klein waren, was wir alles zusammen erlebt hatten. Von unseren glücklichen, guten Jahren.

Dann, irgendwann bin ich eingenickt und wachte auf, als Isabell meine Hand drückte, kaum spürbar.

Sie war aufgewacht. Nur sehr leise konnte sie sprechen. Ich rief die Jungs an, damit sie kamen und dann sah ich Isabell an.

Mir war sofort klar, als ich in ihre Augen sah, dass sie wusste, dass sie sterben würde.

„Sei nicht traurig Jonas", flüsterte sie „Wir hatten eine wundervolle Zeit und ich danke dir dafür ... und für unsere Jungs." Das Sprechen fiel ihr unsagbar schwer.

Ich stammelte nur ihren Namen und weinte hemmungslos.

Ärzte und Schwestern kamen, sahen auf die Monitore und gingen wieder, schon in der Nacht war dies so gewesen.

Dann waren Jakobus und Jonathan hier. Sie küssten ihre Mutter sanft auf die Wange und setzten sich auf die andere Seite des Bettes. Ihr Blick war wie versteinert und sie weinten.

Mir drückten sie einen Kuss auf die Stirn.

Isabell drehte den Kopf ein wenig und blickte in die Augen ihrer Söhne und ganz leise hörte ich sie sagen „Ich liebe euch … immer … auch wenn ich nicht mehr da bin."

Dann schloss sie für einen Moment die Augen, um Kraft zu sammeln.

„Jonas", noch mit geschlossenen Augen fing sie zu sprechen an „Mein Geliebter, wir werden uns wieder sehen … sei nicht traurig. Ich gehe meinen Weg … ich liebe dich."

Vorsichtig legte ich mich zu ihr ins Bett, nahm sie in meine Arme, hielt sie einfach und fühlte mich leer. Ich hörte sie leise atmen, flach und langsam. Und ich fühlte ihr Entschwinden, sie ging. Meine geliebte Isabell ging einen Weg, auf dem ich ihr noch nicht folgen konnte.

Dann sackte ihr Kopf zur Seite und ich küsste sie ein letztes Mal und schluchzte lautlos. Meine beiden Söhne weinten mit mir, wir nahmen Abschied. Die Jungs hielten die Hände ihrer Mutter und streichelten sie. In ihren Augen lag ein Kummer, den ich kaum ertragen konnte.

Sie starb, als die Glocken des Kirchturms zwölfmal schlugen.

Ich durfte bis zum Abend noch bei ihr sitzen bleiben und viele Stationen in unserem Leben zogen noch einmal vorbei an mir und manchmal lächelte ich sogar.

Ich sah in ihr Gesicht, das völlig entspannt war und ihre langen Wimpern warfen Schatten auf ihre Wangen. Selbst die Schürfwunden und die blauen Flecke waren unscheinbarer geworden, hatten ihre scharfen Kanten verloren. Der Tod löst so manches auf, was uns im Leben quält.

Als ich wieder zuhause war, kam der Verlust von Isabell erst so richtig in meine Wahrnehmung, mein Bewusstsein.

Wie sollte ich nur weiter leben ohne sie? Ich fühlte mich so allein ohne Isabell. Die andere Hälfte meines Herzens fehlte.

Also ging ich in unsere Kirche. Ich war zornig, voller Wut und eine ohnmächtige Trauer umfing mich, wollte mich ersticken.

Als ich in die Kirch trat, sah ich einen etwa vierzehnjährigen Jungen vor dem Altar stehen. Er war schlacksig, hochgewachsen und hatte rotbraunes Haar und jede Menge Sommersprossen. Er drehte sich sofort um zu mir, als ich die Kirchentür öffnete.

Und – das fiel mir beim Näherkommen auch auf – er hatte stahlblaue Augen, die mich warm musterten.

„Jonas", seine Stimme war ganz sanft „Es ist schön, dass du kommst. Ich habe auf dich gewartet."

Ich ging auf ihn zu, meine Hände waren zu Fäusten geballt und ich presste meine Lippen zusammen, um nicht vor Schmerz und Qual aufzuheulen, wie ein Wolf. Wohl auch deswegen, um meiner Wut nicht nach zugeben.

Da stand er vor mir, ein Junge, der er doch nicht war. In seinen Augen las ich, wer er wirklich war und ich dankte ihm lautlos, dass er in dieser Gestalt mit mir sprach.

Gott hat seine eigene Art, mit den Dingen umzugehen. Für uns Menschen manchmal nicht einfach. Doch bei näherer Betrachtung habe ich immer die Liebe darin gesehen und das Verständnis für uns „unvollkommene" Menschen. Er hat uns so gemacht. Das war sein Wunsch. Wir sollten keine Marionetten sein, nein. Er gab uns den freien Willen. Wir können, dürfen lernen, uns verändern. Wir sind fähig, mit unserem Verstand die Dinge zu hinterfragen, zu erklären. Doch unser Herz wird uns den Weg weisen.

Er legte mir eine Hand auf den Arm und griff dann nach meiner Hand und zog mich mit. Wir setzten uns auf eine der Stufen, die zum Altar hoch führten. Rechts neben uns stand direkt das Kreuz mit Jesus. Ich hätte es berühren können.

„Du weißt lieber Jonas, dass es nicht bei mir liegt … die Wege der Menschen. In gewisser Weise natürlich schon. Doch darum geht es hier nicht. Alles folgt einem höheren Ziel."

Ich hörte ihm zu und brachte nur immer dieses eine Wort heraus „Warum?"

„Es gibt nichts, was dich jetzt zu trösten vermag. Auch meine Worte nicht. Ich weiß es. Und doch sage ich dir, du bist nicht allein. All die Liebe, die ihr Menschen fühlt, geht nicht verloren. Sie wird euch tragen und in eurer Seele gespeichert sein.

Wichtig ist, dass ihr die Kraft und die Möglichkeit zur Transformation habt. Ihr könnt Hass, Wut und Zorn umwandeln in Liebe. So wird es euch nicht schaden und ihr werdet wachsen daran. Ihr könnt wählen, wie euer Leben aussehen wird."

Wie er da so saß neben mir, ein Kind mit Sommersprossen, groß und hager, mit verwuschelten Haaren und mit einer Stimme, die noch nicht erwachsen war, da spürte ich in meinem Herzen die Dankbarkeit und Liebe für dieses Geschenk, dass er mir machte. Ich spürte die Wandlung, von der er eben noch gesprochen hatte.

Ich hatte die Wandlung nicht gewollt. Wollte mich lieber in meinem Schmerz suhlen und meine Wut nähren.

Aber ich wusste – und das wusste mein Herz schon lange vorher – dass er recht hatte.

Wir alle gehen unseren Weg. Er ist nicht immer schön, dieser Weg. Oft sehr steil und wir haben große Mühe, ihn zu finden. Doch jeder Weg ist einzigartig und nur für diesen einen Menschen gemacht.

Wer von uns Menschen vermag zu verstehen, warum die Dinge geschehen, wie sie geschehen?

Aber was ich in all den Jahren wirklich gelernt und gespürt, erfahren habe: wir sind nie allein. Wir werden getragen, wenn es sein muss. Wir werden an der Hand genommen, wenn wir es brauchen und wir bekommen Mut und Kraft und auch Hoffnung, wenn wir sie brauchen.

„Der Glaube macht es wahr". Der Teufel hatte mir das einst gesagt. Ja. Es stimmte.

„Sein Weg" und dabei deutete der Junge neben mir auf das Kreuz und Jesus „Sein Weg war einer der schwersten. Es war seine Bestimmung ihn zu gehen."

Ich sah hoch am Kreuz und bemerkte, wie Jesus die Augen schloss und für zwei, drei Sekunden geschlossen hielt und mich dann wieder ansah, bevor er wieder erstarrte.

„Ihr könnt immer wählen – welchen Weg ihr gehen wollt. Auch Jesus hätte nein sagen können."

Ich schloss die Augen und Tränen rollten an meinen Wangen herunter. Der Junge nahm meine Hand und drückte sie leicht. So saßen wir da, meine Tränen kullerten und meine Nase triefte und ich spürte die Wärme seiner Hand und das Heilwerden in mir.

Das letzte Abendmahl

Die folgenden Wochen und Monate waren nicht leicht für mich und die Jungs. Wir sprachen fiel miteinander, fanden Trost im Zusammensein.

Ich dachte noch oft an das Gespräch mit dem sommersprossigen Jungen.

Meine nächste Arbeit führte mich in eine große Kirche, eine Basilika. Ich konnte abends nach Hause fahren, denn zum Glück war sie nicht weit entfernt, nur etwa eine Dreiviertelstunde Fahrt mit dem Auto.

Das letzte Abendmahl – ein großes Bild an der Wand. Verblasst und der Farben beraubt. Die Augen in den Gesichtern blickten ausdruckslos und im Geiste sah ich es schon erstrahlen, in satten Farben – so dass man von den Menschen, die daran vorbei gingen, „Oh`s" und „Ah`s" hören würde. Sie würden davor stehen bleiben und den Zauber und die Botschaft spüren. Zufrieden lächelte ich bei dieser Vorstellung.

Das Fresko war an das Bild des letzten Abendmahls von Leonardo da Vinci angelehnt. Ich sah einmal das Original in der Kirche des Dominikanerklosters Santa Maria delle Grazie in Italien.

Leonardo da Vinci hatte es in Öl und Tempera gemalt. Das sorgt für eine besondere Stimmung. Der Nachteil aber ist, dass die Farben recht schnell verblassen. Sie werden vom Mauerwerk aufgesogen und die Wand, an der es von ihm gemalt wurde, ist auch noch die Rückwand der Küche des Klosters, wo die Küchendämpfe eben ein Übriges tun.

Die Temperamalerei ist eine besondere Art zu malen. Sie erzeugt die Intensität der Farben und die Schattierungen mit einer Ölfarb-Lasur.

Das Reinigen nahm einige Zeit in Anspruch und ich arbeitete mich vorsichtig voran. Ich weiß nicht, welcher Künstler es hier in der Basilika einst gemalt hatte und obwohl es so durchscheinend war wie ein Gitternetz, so sah ich doch die Qualität der Arbeit.

Das gemalte Fenster im Hintergrund verlieh dem Bild eine enorme Tiefe. Jesus leuchtete mehr als alle anderen. Es wirkte sehr real und ich war beeindruckt von der Kunst des Malers.

Die Apostel waren jeweils in Dreiergruppen angeordnet – aus ihren Gesichtern und Gesten sprachen die Empörung und das Entsetzen, manche schienen überrascht oder betrübt und auch wütend. Jesus hatte ihnen gerade gesagt, dass einer von ihnen ein Verräter ist.

Das Bild hatte eine eigenartige Wirkung auf mich. Meine Stimmung änderte sich teilweise schlagartig. Manchmal fühlte ich mich, als ob ich nicht mehr Jonas bin.

Ein paar Tage, zwei oder drei Wochen ging das so. Ich war irritiert, was für Gedanken mich dann beschlichen und welche Gefühle ich fühlte. Mir war klar, dass es nicht meine eigenen waren. Doch wozu war das gut?

Manchmal herrschte eine regelrechte Aufruhr in mir, ein wirres Durcheinander. Mich plagten Schuldgefühle, genauso wie rasender Zorn und eine unendliche Traurigkeit mich überfielen. Und ich spürte Sanftmut und Vergebung.

Diese Art der Wahrnehmung überrollte mich wie ein dahin rasender Zug. Abends ging ich total müde nach Hause. Ich fühlte mich ausgelaugt, ausgesaugt, meiner Energien beraubt. Und doch hatte auch der Jonas in mir großes Mitgefühl.

Mit allen, die dort zu sehen waren, auf dem Bild des letzten Abendmahls.

Auf allen Gesichtern sah man die unterschiedlichsten Gefühle. Ihre Gesten waren eindeutig zu verstehen. Und jeder von ihnen war so verschieden und einzigartig, wie ihr Fingerabdruck.

Sie liebten Jesus, gewiss. Auf unterschiedliche Art und Weise. Liebe ist Liebe, oder etwa nicht?

Nach noch ein paar Wochen mehr, fühlte ich mich krank. Und so kam ich eines Morgens in die Basilika und setzte mich an die Orgel.

Ich konnte nicht gut spielen, aber es reichte, um melodische Töne hervor zu bringen und mir etwas Ruhe und Frieden zu geben. Mein Geist war leer, befand sich irgendwo im Nirwana.

So hörte ich die Stimmen erst ziemlich spät. Erst, als es schon recht hitzig zu ging.

Ich stand auf von der Orgel und blickte von der Empore nach unten.

Und dort standen sie, oder saßen auf den Bänken oder liefen gestikulierend umher. Alle zwölf Apostel zählte ich.

Doch wo war Jesus?

Ich hörte ihre aufgebrachten Stimmen, ihr leidvolles Klagen, das Rascheln ihrer Gewänder. Sie beäugten sich kritisch und argwöhnisch. Ihre Münder standen nicht still und die Basilika war erfüllt von allem Möglichen, nur nicht von Freude und Frieden.

Plötzlich hörte ich ein paar gespielte Töne auf der Orgel und blickte mich um.

Da saß Jesus und spielte mit einem Finger eine lose Tonfolge.

Lächelnd sagte er zu mir, dass er leider nicht spielen könne. Und er fragte mich, ob ich nicht Lust hätte, mit ihm gemeinsam die Orgel zu spielen.

„Oh – keine Sorge. Ich finde, du spielst gar nicht so schlecht. Müsstest mehr üben ..." und ich fühlte mich ertappt.

Wir saßen vor der Orgel und ich wusste nicht, was ich sagen sollte. So ließ ich meine Finger über die Tasten gleiten, ganz sanft und leicht schlug ich sie an. Und Jesus tippte manchmal eine Orgeltaste dazu und es hörte sich stimmig und rund an.

Dann ließ ich den letzten Ton verstummen, ließ meine Finger auf den Tasten ruhen und sah ihn an.

„Warum geschieht dies hier? Ich verstehe es nicht." Fragend sah ich Jesus an.

Und er antwortete mir:

„Jeder Mensch bringt sich selbst mit, das heißt, alles, was ihn ausmacht, was er für ein Mensch sein wird, seinen Charakter, seine Wesenszüge, seine Stärken und seine

Schwächen. Jeder ist ganz individuell und doch seid ihr nicht ganz so verschieden, wie es sich anhört.

Die Männer dort unten …", er drehte mit einem Schwung seinen Kopf in ihre Richtung „Sie werten und bewerten einander und sich selbst. Das ist das, was du fühlen kannst.

Sie laden sich Dinge auf, die nicht die ihren sind. Das macht ihr Leben schwer. Sie haben noch nicht verstanden, dass sie gut und böse sein können. Sie denken, sie müssen gut sein, gerade, weil sie meine Apostel sind.

Es ist nicht schlimm Fehler zu machen, wenn sie dazu nützen, den richtigen Weg zu finden. Fehler machen weise. Oder sollten sie …"

Jesus machte eine Pause und wir hörten wieder das Stimmengemurmel zu uns herauf wehen.

Ein sanfter Schein lag um sein Gesicht und seine blauen Augen strahlten, als hätten sie ein eigenes Licht, dass in ihnen brannte.

„Und du Jonas, sag mir, was denkst du darüber?"

Ich zog meine Stirn in Falten und dachte nach.

„Wir sind irgendwie alle deine Apostel. Und ich habe die Erfahrung gemacht, dass Liebe und Vergebung eines der wichtigsten Dinge sind, die ich jetzt hier und auch mit dir und Vater schon machen durfte. Und ich meine damit nicht nur die Liebe und Vergebung, die von euch kommt.

Es ist die Liebe und Vergebung, die ich mir selbst geben kann und damit auch meinen Mitmenschen. Das eine baut auf das andere auf.“

Der Mann vom Kreuz klopfte auf meine Schulter und ein breites Grinsen überzog sein Gesicht.

„Weiter …“, ermunterte er mich.

„Nun ja … ich habe auch gespürt, wie sehr mich die Gefühle und Ängste, die Sorgen und Nöte, der Apostel belasten. Und habe mich gefragt, warum ich das überhaupt zulasse. Als hätte ich nicht genug eigenen Kram …“ Ich zuckte mit den Schultern und fuhr fort „Ich kann nicht die ganze Welt retten, nur mich. Aber daraus entsteht eine ganz andere Energie. Ich leide nicht für andere. Eine Art des prophylaktischen Egoismus oder man könnte ihn auch gesund nennen.“

Ich machte eine Pause und war in meine eigenen Gedanken und Erkenntnisse vertieft. Was ich in den Kirchen, Kapellen,

Kathedralen und Basiliken lernen durfte, ist wirklich unbezahlbar.

Als ich wieder aufschaute, sah mich Jesus erwartungsvoll an. Ich bemerkte, wie die Stimmen, die von unten aus dem Kirchenschiff von den Aposteln gekommen waren, verstummten. Es war nichts mehr zu hören.

Verblüfft stand ich auf und schaute nach unten. Sie waren weg. Keiner mehr da.

Und ich konnte mich mit einem Mal nur wieder als ich, als Jonas, wahr nehmen. Die Last hatte sich aufgelöst, war zu denen geeilt, denen sie gehörte oder auch nicht. Die sie anscheinend unbedingt bei sich behalten wollten.

Ich setzte mich wieder zu Jesus auf die kleine Bank vor der Orgel.

„Und du Jesus? Wie geht es dir? Du hast einen schweren Weg vor dir …"

Er wirkte gelöst und heiter, als er mir antwortete:

„Ach weißt du … alle Wege sind irgendwie schwer oder leicht und müssen gegangen werden. Es gehört Mut und Courage dazu und …" dabei schnalzte er völlig Jesus-untypisch mit der Zunge „Der Wille und das Durchhaltevermögen und vor allem eine heitere Gelassenheit sind von Nöten und Geduld und auch nicht zu vergessen die innere Einstellung sind sehr wichtig."

Eine Menge, die es da zu berücksichtigen gab, fand ich. Doch natürlich hatte er Recht.

„Können wir noch ein wenig zusammen spielen?", fragte ich ihn hoffnungsvoll. Und er nickte.

So ließen wir die Töne laufen und ich spürte die Verbundenheit unserer Herzen.

Irgendwann stand er auf und meinte, er müsse jetzt zurück gehen. Er ging auf die Treppen zu, schenkte mir noch ein wundervolles Lächeln und stieg hinab.

Ich ging zum Geländer der Empore vor und sah ihn, wie er auf das Bild zuschritt und wieder seinen Platz inmitten der Apostel einnahm.

Ich hörte seine Stimme in meinem Kopf, die sagte, wir allen müssen unseren Weg gehen, doch es läge an uns, ob er schwer oder leicht ist.

So wurde sein letztes Abendmahl irgendwie zu meinem ersten.

Der Tag neigt sich dem Ende zu

Und so sitze ich hier, in der Kirche meiner Heimatstadt, dort, wo alles begann. Die Stationen meines Lebens, sie zogen an mir vorüber und ich erlebte sie noch einmal.

Die wundersamen Geschehnisse in den Kirchen und mein Leben mit Isabell und den Jungs. Vielmehr habe ich, haben wir erlebt, als was ich hier aufschreiben konnte.

In meinem Herzen ist mittlerweilen ein tiefer Frieden eingezogen.

Der Verlust von Isabell hat ein tiefes Loch in meinem Herzen hinterlassen. Und früher waren auch Wut und Zorn und eine große Bitterkeit dabei.

Ein inneres Wissen und Bewusstsein hat sich jedoch breit gemacht in mir. Ich empfinde keinen Groll mehr, denn alles was geschah, hat seinen Sinn.

Auch wenn es mir schwer fiel und fällt, ihn manchmal zu verstehen. Ich weiß, dass wir alle einem Weg folgen. Unserem Weg. Er ist nur für uns bestimmt, mit allen Höhen und Tiefen.

Wenn ich heute an Isabell denke, dann macht mein Herz einen freudigen Hüpfer. Irgendwann einmal werde ich sie wieder sehen, da werden wir wieder vereint sein. Das weiß ich mit absoluter Sicherheit.

Sie ging ihren Weg. Lange Zeit mit mir zusammen und dann war es ihre Bestimmung, ihn allein weiter zu gehen.

Jetzt, wo ich noch einmal alles habe Revue passieren lassen ... ein großes Verständnis und ein Hinnehmen und akzeptieren der Dinge geht einher damit. Ich verstehe die Zusammenhänge besser. Sie wurden mir erklärt von wundervollen Geschöpfen ... ich weiß nicht, wie ich sie sonst anders bezeichnen könnte. Der Himmel hat mir ein Geschenk gemacht und Isabell und ich haben unseren Auftrag erfüllt. An ihrem Sterbebett versprach ich ihr, dieses Buch zu schreiben.

Sie halten es in Händen. Das Ergebnis unseres Auftrages und meines Versprechens.

Inhaltsverzeichnis:

217

Ich bin das Kissen,
auf das du dein Haupt legen kannst

Ich halte deine Hand,
wenn du Sicherheit brauchst

Mein Lächeln gibt dir Hoffnung,
wenn du keine mehr hast

Meine Arme umschließen dich,
wenn du Angst hast und Halt suchst

Ich zünde ein Licht an in der Dunkelheit,
bevor sie dich verschlingt

Meine Kraft reicht für uns beide,
ich teile sie mit dir aus Liebe

Ich spende dir Wärme,
wenn dir kalt ist

Deine Tränen trockne ich,
puste sie weg in den Himmel

Ich bin ein Ort der Ruhe und Stille,
suche mich und du wirst mich finden,
denn …

… all das schenke ich dir,
weil mein Herz es mir befiehlt

Weitere Bücher:

Ich nehm dich mit an einen Ort
Was zählt ist der Moment
Waldmagie
Traumfänger
Josephs Wunder
Der Spiegel der Seelen
Der Campus-Geist
Schattenlichter
Das Licht ist verpackt in Dunkelheit
Der Mönch auf dem Rücksitz

Der Typ mit den Hörnern, Band 1
Glöckchen, der Teufel und ich, Band 2
Miese Laune in der Hölle, Band 3
Mission Loki, Band 4
Höllen-Finale, Band 5
Himmlisches Fegefeuer, Band 6
Lilith, die Höllentochter, Band 7